Willi Hermann

In einem Frankenwaldwirtshaus
Gedichte, Gschichtla & Szenen

Herausgegeben von
Christiane Hermann und Lothar Hermann

Mit Illustrationen von
Hans-Joachim Schirmer und Georg Wunder

Umschlagmotive von
Hermann Roppelt

Willi Hermann
In einem Frankenwaldwirtshaus
Gedichte, Gschichtla & Szenen

© Christiane Hermann, Willi Hermann, 2000
Alle Rechte vorbehalten
Herstellung: Libri Books on Demand
ISBN 3-8311-1164-2

Herausgegeben von Christiane Hermann und Lothar Hermann
Redaktion und Auswahl der Beiträge: Christiane Hermann
Bearbeitung: Christiane Hermann, Lothar Hermann, Michaela Hermann
Satz und Umschlaggestaltung: Lothar Hermann
Illustrationen: Hermann Roppelt (Titelbild und Umschlagrückseite);
Hans-Joachim Schirmer (Seite 8, 16, 28, 51, 61, 67, 112, 119, 130);
Georg Wunder (Seite 44, 46, 80, 91, 98, 102)

Willi Hermann

In einem Frankenwaldwirtshaus
Gedichte, Gschichtla & Szenen

für unseren Vater

Michaela, Lothar, Christiane, Matthias und Georg

Geleitwort

Mit Gedichten, Gschichtla und Szenen von Willi Hermann, dem fränkischen Mundartdichter, Marktrodacher Ehrenbürger und Zeyerner Brauchtumsförderer, bereichert das vorliegende Buch die Heimatliteratur unseres Landkreises Kronach. „In einem Frankenwaldwirtshaus" und an weiteren Schauplätzen des Alltagslebens handeln die Begebenheiten, die der Autor aufmerksam beobachtet und in seiner unverwechselbaren Art niedergeschrieben hat.

In Willi Hermanns Werken ist unsere fränkische Mundart – selbstverständlich in seiner ganz persönlichen Färbung – lebendig. Seine Schöpfungen erzählen wirklichkeitsnah vom (Zusammen-)Leben der Menschen in Franken und im Frankenwald und sind somit wertvolle Zeitdokumente unserer Heimat. Schließlich – und das ist nicht minder wichtig – bereitet es dem Leser und Betrachter viel Freude, sich in die tiefgründigen und humorgewürzten Beiträge zu vertiefen und die originellen Illustrationen auf sich wirken zu lassen.

Die Herausgabe dieses Buches ist eine willkommene Gelegenheit, Willi Hermann für sein unermüdliches Schaffen im Dienste der Volkskultur und der Heimatpflege zu danken. Ein Dank gilt auch seinen Kindern, die mit dieser Veröffentlichung einen Querschnitt durch das Schaffen ihres Vaters unserer Bevölkerung zugänglich machen und der Nachwelt erhalten. Seitens des Landkreises Kronach haben deshalb das Kreiskulturreferat und die Kreisheimatpflege die Herausgabe gerne unterstützt.

Ich hoffe und wünsche, dass „In einem Frankenwaldwirtshaus" in vielen Häusern des Frankenwaldes und darüber hinaus Aufnahme findet und eine positive Resonanz erfährt.

Oswald Marr
Landrat des Landkreises Kronach

Geleitwort

Niemand schreibt so treffliche Geschichten wie das Leben selbst und nirgends erfährt man so viele wichtige Nebensächlichkeiten wie in einem Dorfwirtshaus. Nach diesem Motto hat unser Marktrodacher Ehrenbürger und Heimatdichter Willi Hermann „In (s)einem Frankenwaldwirtshaus" den „Leuten aufs Maul geschaut" und das, was er erfahren hat, in lustigen, aber auch zum Nachdenken anregenden Anekdoten zusammengestellt. Wohl weil er eigentlich „a Reigschlaafte" ist, der sich im schönen Ort Zeyern schon seit langem zu Hause fühlt, hat er die Menschen des Frankenwaldes besonders beobachtet.

Seine Erzählungen sind voller Herzlichkeit und urwüchsigem Humor. Sie charakterisieren den Frankenwäldler auf seine eigene Art und Weise. Das Besondere daran ist, dass sich fast alles so – oder so ähnlich – auch zugetragen hat.

Es freut mich ganz außerordentlich, dass einige der Geschichten aus dem Frankenwald, die Willi Hermann aufgeschrieben und jahrelang in seinem Privatarchiv aufbewahrt hat, nun endlich zur Veröffentlichung kommen. Sie werden damit nicht nur einer breiten Leserschaft zugänglich gemacht, sondern mit ihnen bleibt auch das Wesen und die Kultur des Frankenwaldes, aber vor allem auch seine Mundart, der Nachwelt erhalten. Letzteres erscheint mir besonders bedeutsam, weil so manche Mundartausdrücke unterzugehen drohen, was bedauerlich wäre, weil gerade die Mundart die Ausdrucksvielfalt und Lebendigkeit unserer Sprache widerspiegelt.

Deshalb ist besonders den Herausgebern Christiane und Lothar Hermann für ihre vorbildliche Zusammenstellung zu danken, die gewachsenes Traditionsgut zu bewahren hilft.

Allen Leserinnen und Lesern wünsche ich den gleichen Spaß und die gleiche Freude, die ich bei der Lektüre des Manuskripts bereits hatte.

Marktrodach, im November 2000

Norbert Gräbner
Erster Bürgermeister der Marktgemeinde Marktrodach

Anmerkung für Nichtfrankenwäldler:
„Reigschlaafte" = Reingeschleifter, ist jemand, der in einen Ort eingeheiratet hat oder wurde.

Vorwort

Im Jahr 1956 zog unser Vater als Metzgermeister von Höchstadt a.d. Aisch nach Zeyern im Frankenwald, und wie das Leben so spielt: Er blieb ...

Eines seiner Talente, neben „dä gutn Wöscht", war das Beobachten von Menschen und ihren Eigenheiten, die er in Gedichten, Vorträgen, Szenen und Theaterstücken dem Publikum vorführte. Am bekanntesten sind wohl seine Theaterstücke, angefangen von „Der Lenz wird bekehrt" (1979) bis zu „Des worn a Zeitn" (1997). In ihnen sind der Frankenwald und seine Bewohner so authentisch wiedergegeben, dass trotz des Hinweises „Ähnlichkeiten mit lebenden Personen sind nicht beabsichtigt" schon so manchem Zuschauer eine doppelte Portion Humor abverlangt wurde.

Zu seinem diesjährigen 75. Geburtstag schenkten wir ihm in einer Kleinstauflage eine Auswahl aus seinen Gedichten, Gschichtla & Szenen, die er im Laufe vieler Jahre geschrieben und vorgetragen hat. Dabei spannten wir sowohl sprachlich als auch inhaltlich einen Bogen von den Jugenderinnerungen in Höchstadt an der Aisch bis in den Frankenwald und zeigen so das lange Schaffen unseres Vaters als Autor. Dieses Geburtstagsgeschenk fand dann aber so großen Anklang, dass wir uns entschlossen, das Ganze in gedruckter Form zu veröffentlichen.

Bei der Herausgabe des vorliegenden Buches standen uns das Kreiskulturreferat und die Kreisheimatpflege des Landkreises Kronach mit Rat und Tat zur Seite – dafür unser herzlichster Dank!

Dieses Buch lebt aber nicht nur von seinen Geschichten, sondern auch von seinen Bildern. Hermann Roppelt, Hans-Joachim Schirmer und Georg Wunder haben durch ihre Illustrationen wesentlich zum Gelingen unseres Werkes beigetragen! – Ihnen ein ganz besonderes Dankeschön!

Unser ganz persönlicher Dank gilt unserer Familie, vor allem unseren Geschwistern Michaela, Matthias und Georg. Durch ihren Einsatz und ihre Hilfe wurde die Veröffentlichung dieses Buches erst ermöglicht.

Zeyern, im November 2000
Christiane Hermann
Lothar Hermann

Inhalt

A Hechstodte Lausbu

Jugenderinnerungen

Wird man alt, behaupten Zungen
der Mensch lebt von Erinnerungen
man schaut mit Freud und teils mit Leid
zurück in die Vergangenheit.

A ich denk viel, oft geht mein Blick
auf olla diesa Toch zerick,
denk on Kinnegattn, o die Schul,
o die Stiftnzeit, des glabsta wuhl
und wor me dann su sechzeh dribe,
on ersten Kuß, der ersten Liebe.

Denk a nuch – mit Unbehagen
an den Krieg, den Nachkriegstagen
Schworzhondel, o die Schieberzeit,
o die herrlich freie Burschenzeit
su – mit Sochsla fohrn, Fußbollerei
Kerwa, Tanz, Possiererei.

Dann wurd me dimme onstott gscheite
und hot zuletzt dann a nuch gheiet.
Die Flittewochn, denkst, bleim imme,
dann der erste Kroch, die erstn Kinne,
des Lebens Kampf, die grußn Sorng,
me kriecht die erstn graua Hoorn,
is efters kronk als daß me gsund,
dann brauchst a Brilln, die Fra wett rund
und bista schließlich dich besinnst,
mit einenmol Großvorre bist.

Käm Ane heit, sochet, ei der Daus,
vo de Vergangenheit such raus,
ja – vo olln gewesna mecht ich fei
nuch amol a Hechstodte Lausbu sei.

Su ungewoschn, ungekemmt
mit Rehrleshusn, zerissna Hemd,
die Juppn x-mol gflickt, zefetzt,
de Husenorsch holb durchgewetzt,
dreckicha Ohrn, zeschundna Knie,
den Husnbund, den helt a Strieck,
genogelta Schuh und gor kann Sockn,
vo de Nosn hengt die Glockn,
schwotza Fiß und schwotza Protzn,
an Stiftnkupf mit holba Glotzn,
Schusse, Staala, Negl, Schnier,
a Messela, a Trum Popier,
die Hend bis no die Ellabung
– de Rotz wett nuchamol naufgezung –
des olles drinna in de Toschn,
ungheret und a lauta Goschn,
ka Ontwort wenn dich Ane frecht
ze jedn Straach holt aufgelecht.

In de Schul recht frech und vorlaut
bis An de Trautmonn ana runtehaut.
Die Gaudi dann, du liebe Scholli
mit de gutn oltn Dolli,
wie mir iähn Steckn ei hom geschlitzt
und senn dann um die Benk rumgflitzt.

A strenge Mensch, ich glaab des wißte,
wor a nuch de Lehre Pfiste.
Mir hom na gärchet, worn holt Frecke,
de A der pfeift, de Onde mecket.

Mit Gummila Popierla gschnelzt
do hot de obä uns gebelzt,
sechs auf'n Orsch, sechs auf die Hend.
Sakrament, hot des gebrennt!

De Lehre Gebhardt, ungelung
de hot uns bei die Ohrn gezung,
de hot uns ghaut, ob gscheit, ob dumm
hot selbe oft net gwißt worum.
Deham dann unte seina Stieng,
sei Siechlind die gob uns Nachhilf.

In de Pausn do wett fußgebollt
des Objekt a Gummibolln.
De Weigertsgerch am Schulholz hockt
und kräftich o sein Pfeufla schmockt.
Do fliecht de Boll, die Pfeuf is weg,
seina Zeeh leng in an Eck.
De Gerch, de schreit, ihr Herrgottskrippl,
schmaßt dann uns mit seina Knippl,
schwingt sei Beil ols wie a Sioux,
senn mir do aus dem Hof geduxt.

Mir hom die Mala gerchert, Reck aufghum,
mein Gott, mir worn holt dumma Bum,
wer hot des domols scho begriffn,
mir hom sa holt a weng gegriffn.
A sua Schond, a sua Sind,
des die Omtmonns Morie find.
Und wie die aus'n Fenste bellt,
hot's de Minna gleich dezellt,
und die hot's unnra Leut gleich gsocht,
do kummsta haam und kriechst dei Frocht.

Wos hom mir gschlong, hom mir uns grafft,
Zigarettn, grußa Zigan pafft,
ich wä keesweiß und hob mich gspeit
und tu sugor de Murre leid.
Die hot mir gleich as Fiebe gmessn,
on gonzn Toch konnt ich nex essen.
De Vorre de buckt sich a niede,
riecht – und mant de wett scho wiede.

Es socht's die Murre, socht's die Tant
de Bu des wett a Ministrant.
Wie hom mir do lateinisch glennt,
des om Oltor dann runtegeplärrt:
Confitior ... des worn scho Dramen,
mea culpa, fertig, Amen.

Amol de Pfarra de tut brumma,
de Meßwei, de hot ogenumma,
er schaut uns o, um an Krong wetts wärme,
de Meßwei, der zwickt in die Därme.
De Kernges Paul hot a genippt,
socht, Herr Pfarra, ich hob a weng veschitt.

Des Glockn läutn wor a Freud,
wie hot's uns no die Deck gebleut
und der Fronleichnam der wor fei'lich,
me trecht a Bild odä an Heiling,
me bett, me singt, die Musik bleest,
ich denk, wennst bloß dei Fuchzgela hest.

Wies Sunntoch wor, do wor ich froh
vom oltn Pfende kriechst dein Loh,
dann schießt da wie aus ane Zwistl
hintn nei de Dormonns Christl,
an Mohnweck und a Wosseeis,
dann schleichst da hintn naus gonz leis.

Im Hausgong leng sa do die Sortn
Plätzla, Schneckla, Kung und Tortn.
Escht seufzt, dann guckst, so longsom schwitzt
ratsch, hosta scho a Stick stibitzt,
nei in die Toschn, naus zen Templ
vo laute Eil hest bol an gremplt,
non Engelgattn, no die Aasch,
des Stickla Tortn wor a Matsch.
Dann frißt des stickweis aus de Toschn
do freit sich drauf die junga Goschn.
Doch, wie siecht die Husn aus,
ich ziech sa ro und wosch sa aus,
doch die Murre merkt den feuchten Dunst,
do soch ich keck – heit hob ich amol neigebrunst.

Im Winte dann mit unnera Schlittn,
senn om Kelleberch mir rogerittn
zwa, drei Schlittn zommaghengt
de vorn de steuert, de hintn de lenkt.
Und dena oltn Kellebride
wor des Schlittnfohrn zewide,
die hom uns imme Staala glecht,
mir hom sa wiede weggefecht.

Und dann ging's vo frischn los,
de olt Schorr schimpft wie a Spotz,
de Hohns Honne, der droht mit sein Kruch,
de Omtmonns Hardt, de schreit und flucht,
beim Petesbeck steht nuch su a Lackl
auweh, de Schondorm Hein, de Schnackl,
es scheint er will die Fohrt do regeln,
mir hom na gstraaft, do isse gsegelt.

Mir schnaufn auf, fohrn weite leis
und beim Denk steht der long Geus.
Als eschtn hot er mich im Wickl,
wen gherst du o? – an Hermonns Nickl!
Und wos is des do fir a Bosch?
Ah, der ghert an Feueschosch.
Und wem gherst du denn o, mein Kleiner?
So, du bist vom Ruhmonn einer!
In aner Tour geht's dann su weite,
so, du bist vom krumma Schneide!
Und do hintn do, der Klaa?
Is ane vo de Kebera.
Der an der Kutsche – und ihr Lackl?
So, ihr sett zwa Mäxnprackl.

Er notiert, des hot uns gschlaucht,
Mensch hom mir a Wut im Bauch!
Mir denkn, watt ne longa Geing
amol wä me däs scho zeing.
Sollt er nuch lehm, heit konn er's wissen,
mir hom na vor die Haustür gsch ... wos gelecht.

A gruß Ereignis fir uns Kinne
wor holt su a Johrmorkt imme.
Vull des Stedla, vull die Stend
und mir senn drinna rumgerennt.
A Zehnerla as gonz Vermeng
und wos hot's do olles gehm:
Fußbolln, Bombom, Eis, Bruststaa,
Spielzeuch, Gäulswescht, Blockschokolad,
Nikoläuse, Schlittschuh, Schlittn,
Ostehosn, Wundetitn.

Om Bolteseck, des wor bekonnt
wor a gruße Zuckestond,
und mir, mir worn su fünf, sechs Läuse
glotzn alla nauf die Häuse.
Ane schreit: do drum, do drem,
die Leut die reckn ihra Kreng,
etz is do, na weite rechts
a Jede suchts und Kane siecht's.
A de Zuckemo schaut nauf
etz homme endlich freia Lauf.
Nei die Toschn, nei die Hemme
wett des Zeuch vestaut, dann gemme,
mir hom om Morkttoch gut gelebt
und des Zehnerla wor grett.

Ja, monche Straach der wor scho gfehrlich,
besonders wenn mir Liebespärli
im Engelgattn hom belauscht,
des kom zu uns oft wie a Rausch.
Escht hom mir Frecke mol sondiert
wer mit wem denn do possiert
und bis des Pärla o is ghupft
worn mir scho unters Bänkla gschlupft.
Wenn die sich gschmust und sich gekisst,
do hom mir mit die Ohrn sche gspitzt.
Des Geschmatz und des Gekiche
er ging dann ran wie einst de Blüche,
sie hot sich ziert, seufzt au – ah – au,
mir hom uns gornet schnaufn traut.

Mei Freund, wer's wor des soch ich net,
a as Liebespoor verrot ich net,
longt nei die Toschn vo sei Husn
und gibt mir dann a klana Dusn.

Niespulve wor's und ich blos kräftich,
um auf de Benk do wetts etz deftich,
des Geruck wos dauernd wor
wird mit einem Male gor.

Er schnauft auf, konn nemme wattn
hatschi, drehnts im Engelgattn.
Sie mocht hitsch, sie niest und niest:
Du host mich ogesteckt! – Red kann Mist!
Hatschi, hatsch, ich werr a Narr,
du Lude host na, den Katarrh!
Sie greint, du bledä Grobian,
er schreit, du konnst allaa heit haam.
Es trenna sich dann ihra Wech
sie hom sich dann a nimme kriecht,
vielleicht wor's fir ihn besse a,
fir uns wor's halt a schene Straach.

16

Wos hom mir alles nuch ogstellt,
bei der Gerbersbabett die Wend geprellt,
om Ormahaus do wor ka Ruh,
geträtzt hom mir an Usihu,
an Contilabe ferchert gmocht,
vom Salers Thoma Gege gschlocht,
schworz geongelt, Reusn gfischt,
die Schondorm wos aufgetischt,
Fresch geprellt und die dann gschnelzt,
beim Fußboll uns im Dreeck gewälzt,
Äpfl gstraacht und Ärpfl gschmort,
nei de Bodonstolt drunt Leche bohrt.
As Kellebier hot uns scho gschmeckt,
as truckn Brot net ogeeckt.
Sunntoch worn me Keglbum,
den Pfennig dreht me dreimol um
und hot me dann a Zehnerla
hom mes ogwert bei der Seebera.

Uns wurd nex gschenkt, des konn me song,
uns homsa globt, uns homsa gschlong
und des wos heit die Kinne hom
devo konntn mir net amol traam.
Generell, su socht me heit
frihe wor a arma Zeit
arm und hart, des mog scho stimma
doch des Lem, es wor viel schenne.
Die Jugendzeit, sie war des Lebens Mai,
drum mecht ich nuch amol,
a echte Hechstodte Lausbu sei!

Drum und dran um ein Tanzvergnügen

(1950)

Mä muß dem Menschen in sein Lem
amol a Vergnieng a gem,
mä konn net ärbern zomm die Johr
schließli werd's mit an mol gor
und bist ziemli dann am End
denkst, wos host dä denn gegennt,
und willst dä dann die Vorwirf sporn
mußt die Gelegenheiten worn
die, die wu des Leb'n biet
drum moch a jeds Vergnieng miet.

A sua Vergnieng auf jedn Foll
is in Hechstodt do a Boll.
Bol vo jedn Bumsverein
lodns an zum Boll mol ei.
Senns Foschingsbäll und Maiakrenz
odä dann die Kerwatenz,
iberoll is amisant
und vor ollem interessant.

Zäescht genna die Einlodungen naus,
durch Zeitung odä frei ins Haus.
Beim Gerch do werd eschtmol gebrummt,
daß die su spet escht kummt,
sei Kundl frecht, wos host denn Mo? –
Och, a Kortn hom sie zu an Boll,
a Mork fuchzich verlongas fei,
Fra, ich glab mir lossn's sei,
schau, des senn ze zweit drei Mork
do kaaf mä liebe uns an Quork,

odä amol a Fleisch zum Essn
hob su scholong ka Grees mer gessn.
Die Kundl krotzt sich o die Ohrn,
recht host scho, Gerch, mir missn sporn.
Su wäd nua bißla rumgepredicht
fiä die Zwa is der Foll erledicht.

Gonz onders liecht beim Hons der Foll
der mechet gonz gern auf'n Boll,
doch waß er's net wie er's eirenkt
daß seiner Babett er's beibrengt.
Nochts im Bett do senns allaa
do secht er schichtern leis escht – Fra!
Loß mä mei Ruh, schreit sie na o
und reckt na gleich an Hintern no.
Fra ich mechet, mechet blos –
Heit gibt's nex, ich pfeif de wos!
Frong mechti blos, daß des västehst
obst Sunntoch auf'n Boll mitgehst.
Do tuts an Schloch, sie dreht si rum
und ibern Hons a Gwittä kummt.
Es zischt und brodelt aus ihrn Maul
im Redn wor sie noni faul,
dann hot sie holt ogedockelt,
daß ihr Gebiß om Nochttisch wockelt –
Hä, auf'n Boll, daß ich net loch,
däham do wird die Ärbet gmocht,
as Geld zum Fenstä a naus schmasn
senn heuä su escht gfreckt zwa Gaaßn,
du olter Gimpl du, du großä,
a sua Lump, a sua heillose,
des hengetä raus, as Geld verjuckn
an Dreeck, nein Hefela tust guckn,
mit junga Mali nu possiern,
di brengi dä nu bei, Maniern,

nex is, Dreeck is, Knoll und Foll
däham gehst auf'n Federboll!
Der Hons tut sei Olta bes ostiern
doch konn er nix wie resigniern,
des konn er leicht, er is scho gwehnt
drum dreht er sich blos rum und stehnt
und denkt, mir Depp, mir ghehrt net mehra
worum bin i reigfalln blos auf dera
und vo sei Aang do fellt a Schleiä,
worum hob ich blos su an Drochn gheiät.

Gott sei Donk stehn setta do
a in Hechstodt seltn do,
gonz onders is bei dena Leut
die zum Tonzn hom a Freud.
Do secht de Mo zu seine Fra,
auf'n Boll do gehmä a,
die Fra secht, freili gehmä no
do liecht desmol gornex dro
wos manst, wos selli denn ozieng
a Dirndl odä a Kostim
a longs Klad wäret doch zä schod
mei Sunntegs tennets a zä Not,
denn meina brauna Sunntogsschuh
possetn glei sche däzu.
Morng gehni schnell nu zum Friseur
Dauerwelln missn scho nu her
a Parfim nuch kafi mä
sunst wirkt mä doch zä ordinär,
des olles, wennst zum Boll mich fihrst,
daß di mit mir a net blamierst.
Do secht de Mo, des is mir wurscht
ich geh etz fort und lesch mein Durscht.

Die Kathi is von Schosch eiglodn
des hot's im Voraus scho erotn
etz muß sie nu ihr Klad ausbiegeln
und as Temprament weng zigln.
Gonz väknollt is sie in Schosch
des is obä a saubrä Bosch.
Moch di fei scho, hot er nuch gsocht
und ob die Kathi des net mocht.
Grellrot gfärbt wird nuch die Goschn
auf'n Klad a Mordstrum Broschn
den Ausschnitt extra bißla tiefä
väfiehrerisch winkn muß der Miedä,
mit 4711 betupft
und schnell nu nei die Nylon gschlupft
as Gsicht wird a nuch eigepudert
o olles denkt sie doch, des Luder.

Sunntoch omds um ochta dann
siecht mä sie, dann laafns zamm,
olta Ehleut, junga Pärli
dann die Blindgängä, die gfehrlin.
Zäescht muß mä sein Eintritt zohln
bis mä neidäff dann im Sool,
um neuna isä grommelt voll
do werd's zinfti heit om Boll.
An Marsch zäescht die Musik spielt
olles lahnt sich nein Gewihl
Wolze, Polka, Maya, Mambo,
Samba, Schiebe, Fox und Tango,
olles wechselt sich mol o
fiä an jedn kummt wos dro.

Der Schosch hot's Kathila im Orm
dera werd's ums Herz gonz worm,
der olt Sepp fihlt sich heit jung
wär aufglegt zuran Seitnsprung

wenn nä net die Olt do wär
immä wiedä schicklts her.
Schuhnummä 48 hot de Offä
wenn der an schecht, glamers der pfropfert.
As Karla is a olte Stenz
wos mocht denn der bei seinä Frenz.
Kreuzsakradi, mecht der su Foxn
mä mant grod, die wern zommgewochsn.
Der Sell is doch as Michela
der hot bestimmt a Jungfela
des siecht mä gleich wie ungeschickt
sich die Maad om Michl drickt.

A Hitz is des, denn selbst beim Sitzn
muß me wie a Tagoff schwitzn.
Ungeochtet des, der Fronz
hult die Kuni sich zum Tonz,
die hockt scho long om Benkla hint
und kannä zuran Weg hifind.

Endli kummt im Fronz scho Anä
die Kuni strohlt wie a Dreeckaamä,
gonz leicht der Fronz ihr Herzla gwinnt
weil's scho a holbs Johr auf na spinnt.
Etz hot sie na, etz is sie froh,
om liebstn beißet sie na o
do hot sie Glick ghobt heit, die Kundl,
der Fronz hot holt nex onders gfundn
und denkt, no ja, mol grod zur Not
ess mä holt mol truckns Brot.
Gonz haaß is dena nochn Tonz.
Gehst mit? – secht noch zu ihr der Fronz.
Gonz scheniert schaut sie na o
sie nickt nä blos und konn nex song,
vor die Aang schwebt ihr des Glicksgeflimmä,
er denkt, su a Bleda kriegi nimmä.

Mittlerweil do wird zur Pause blosn
die mastn etz an Sool verlossn
zum Essn tals, tals zum possiern
wer tut sich heit denn nu scheniern.
Fiä die Ratschn is sua Boll
a gfundns Fressn ollemol.
Daß die dortn a net fehln
und sich as Neueste erzehln,
des konnst onehma, des wer net gut
no hern mä mol weng dena zu:
– Host an Meier seina gsehng, die Weiß?
Etz hengt si die no oran Preiß
der wu nex hot wie Läus und Fleh
ich konn des Madla net versteh –
su stenkert glei amol die Nanni.
– Und waßt den Selln, sei Ding sei Anni
holbnocket ozung is die a –
gafert drauf die Schustera.
– A Schond wenn ich o frihä denk
do worn mä nä su neigezwengt.
Mit jedn tut sie rum die Sulln
a setta bleibet mä scho gstuhln. –
– No Schustera, tu net so redn
worst frihä a a grußä Besn,
a oständis Madla wie mä secht
host holt a an jedn gmecht. –
– Nä blos obä bis zuran Kuß
hintn noch wors bei mä Schluß! –
Die Margeret, des olt Brecheisen
muß etzt a as Maul aufreisen:
– Den Kaufmo sei Bu, ich hob aufgepoßt
hot die Fanny ghult finfmol zum Tonz.
Daß der etz mit dera geht
hobi heit as eschtmol gsehng,
ich wenn der wer, ich tät mich schema
mir suan Rumzuch do ze nehma,

a Ledichs hot sie fei, die Fanny
sie song des hot sie vo an Ami,
an Vorrä brauchet sie dezu,
mich reut nä blos de Kaufmonnsbu.
Du Nanni schau amol do no
is des net die Gretl do?
Gell, sie is, ich hob's doch gwißt
die, do wu ihr Mo vermißt,
hot sie nuch drei Kinnä a –
vier? – Von Ondern hot sie ans?
Und immä gibt sie nu ka Ruh
etz ongelt sie sich scho an Bum
den wickelts ei, do brauchst ka Brilln
och, wechä mir tuts wos sie will.
Schau no, die racht Zigarettn do
die racht nimmä, die frißt sie scho
glabst, do weri scho glei wild
pfui Teifl, vo a suan Weibsbild!
Do schau amol, der Ding ihr Klad
des is ra doch a weng zä kla,
no freili, des konn gornet possn
des hot sä sich doch leiha lossn.
Schau no, der Anna dort ihr Mo
schaut sie an gonzn Omd net o,
do stimmt wos net, moch blos nex song,
ich waß worum, defft mi blos frong. –
– Geh zu, su soch holt, bin scho gsponnt …
Du glabst gornet, is ollerhond –
Obä holtet euä Goschn fei –
No, wos bildst dä denn net ei,
kennst uns doch, des wer doch glocht
do wird ka Wertla dribä gsocht …
Waßt, a Schlompn is die Anna
die tut däham ka Stum zomramma
nex ozezieng hom ihr zwa Kinnä
as Geld des longt halt a net immä

und su, do tut nu mehr net stimma,
neili hot's mi ogegrinna
ihr Mo, der Schuft, der geht nemnaus
bei ra Ondern gehte ein und aus
sugor as Geld ziecht era o
und trechts zu seinä Ondern no,
ich glab sugor er leßt sich scheidn
sie tenn su nex mehr wie streitn.
Die Onder sell, sätt mä fei leis,
im vierten Monat schwonger sei. –
Des is der Foll etz do om Tisch
do wäd geflistert und gezischt.
Die A sechts zu der Nochbera
vergißt om Schluß net: Sei fei stad –
Ja, ja, ich sogs nä blos der Lies
zu kanna ondern, glab mäs gwieß. –
Die Lies die sechts der Kundl a
die, an Heiner seiner Fra
und su geht's rum bei olla Weibä
jeda socht – Sogs fei net weidä!
In zwa Stund heris iberoll
do is rum im gonzn Sool.
Däweil tut dort die Anna drem
ihrn Mo vor Jux an Kuß etz gem.
Die Musik spielt lengst wiedä schneidi
die eschtn gehna ham scho zeiti
der Honnä zwengt sie naus zä Tiä
der muß sei Madla weit hamfihrn
er socht, a poor Stund genga drauf
wenn mä dreimol des Wegs verschnauft.

Etz mochi wiedä mol a Studie,
seitn Ofong hockt do a Familie.
Er hot es eschte Bier nuch steh
die Fra mit'n Montl hockt dänehm
as Portmonee hot's in der Hend
daß jo ihr Olte nix mehr nemmt,
hintn, wu der Tisch scho gor
do sitzt, ich schätz sie zwanzig Johr,
die Tochtä dort, su bled und bsunna
ols hettn Henna ihr as Brot ognumma.
Kummt a Bäschla in die Näh
ihr Busn auf und obwärts geht
sie schaut auf'n Vorrä, der auf Murrä
die zwa betrochtn dann den Surrä
deä wu om Tisch etz ribesticht
des is doch a ihr Elternpflicht,
kennt des possn obä net.
Biss sie des nu ibeleng
mecht es Bäschla scho sein Knix
nä blos net dort wu Tochtä sitzt.
Die väziecht dann glei ihr Geschla
hult as Toschtuch aus'n Teschla
und wischt si o die Aang väleng
tut mich denn gor kannä meng
wie a Mauerblimla hockt sie do
und mechet doch sugern an Mo
ihr wers doch gleich, wenns nä Anä wär
die Murrä mant a Geld muß her,
Geld muß zä Geld und wers net erbt
bläbt orm, secht sie, bis daß er sterbt.
Scheinbor wartn die om Boll
auf den heit doch seltna Foll.

Nembei, es is scho a a Henna
ka Wundä wenn ka laafn tenna
die wenn an goldin Hinten hett
bis moring frih nuch kann Boschn hett.
Um zwölfa endli gehnas wech
zä dritt, a fuchzgela mecht ihr Zech
der Olt der denkt und hot's a gsocht,
etz hommäs wiedä amol net ogebrocht.

Kunterbunt und sche is worn
die Musik drehnt an in die Ohrn
a jede Schloche wird mitgsunga
ja die kennas ol die Junga
die Hemmedä senn potschenoss
der Wirt sticht o as zehnte Foß
mä hengt si in die Moßkriech nei
die Bessern trinken zwor an Wein.
Dann kummt der Zufollswolze dro
olls wos Baa hot stellt sich o
vom Oltn bis zum junga Spund
remidemi, es geht rund.
Wiedä a Wolzä und a Schiebä
a Fox, den tonz mä, Freunde, liebä,
Extratour und Domenwohl
etz kummt den Herrn amol ihr Quol.
Es stinkt an Michl, wurmt an Hons
die Richti hult an net zum Tonz
auf'n Fronz kummt Ana gschossn
do hettn bol der Schloch getroffn,
im Sool geht's immä närrscher zu
ich waß gwieß, ich hob mei Ruh.
Ich, ich hob mä kanna gsucht
mich plocht a etz ka Eifesucht
ich kriech kann Korb, ka bleda Redn,
denn ich hob's ja net vonötn
daß ich mich totschwitz und mittonz
wechä sura bledn Gons
ich hob a su mei Mordsvergnieng
und do tu ich gornet lieng.
Ich geh auf jedn Boll allaans
setz mi nein Eck – und grins mä ans.

In einem Frankenwaldwirtshaus

Personen: Der Wirtshann
seine Margaret
ein Gast
zwei Einheimische

Wirt: (*steht an der Theke, trinkt einen Schnaps*)

Gast: (*tritt schnaufend und erhitzt in die Stube*) Grüß Gott!

Wirt: Grüß Gott, Mastä!

Gast: (*legt ab, setzt sich an einen Tisch*)

Wirt: Gottela, müssn Sie obbe gerennt sei wie a tollwütiger Hund, weil's so schwitzn!

Gast: Was erlauben Sie sich, ich bitte mir einen anderen Ton aus!

Wirt: No ja, entschuldigens nur, ich hou halt gedocht, weil's schwitzn wie a Sau!

Gast: Ist das Ihre ganze Weisheit?

Wirt: (*der das Schnapsglas noch in der Hand hält*) Na, mei Gute, des is Schnaps, echter Korn, Prost!

Gast: Geben Sie mir auch was zum Trinken! Was haben Sie denn?

Wirt: Alles, viel a nije, am meistn Bier!

Gast: Geben Sie mir dann ein Helles, mit Schuß wenn's geht.

Wirt: Jessas, schießen soll ich däzu? Ich hou obbe ka Gewehr?

Gast: Dann geben Sie es eben ohne Gewehr.

Wirt: Dann hot's obbe kann Schuß?

Gast: Ach Sie ... Sie, Mann!

Wirt: Ich bin der Wirtshann!

Gast: Angenehm! Dr. Meyer!

Wirt: Wos? A Dokter senn Sie? (*bringt ihm das Bier*) So, so, a Dokter senn Sie. Wohl bekomms! Etzela, wenn ich amol dumm frouch. Des treffet sich obbe fein. Wissen Sie, mei Alta, die Margaret, die hot sich neulich amol geboudn, im Backtrog. Nije! Und dou hot sa sich däbei an Spreißl neigerissn im linken Ar ... ah Hinterteil. Gsocht hot sa fei nix, gemacht hot sa a nix, etzela is ä immer nuch drin der Spreißl und eitern tut er. Wissens, schoudn tut's era ja nix, wenn sa a bissela grahnt und stöhnt, is a su ka leiniga, mei Margaret. Obbe halt des lamadiern! Obbe ich glaab, etzela hot sie genuch Buß geto und, wenn Sie a Dokter senn, wissn Sie, ich man, a Messer hätt ich scho selber, des is nuch vo der letzten Sau her gschliffn, nochher wenn's so freundlich wärn, schneidens halt den Spreißl raus aus meiner Margaret ihrn linkn Hinterteil!

Gast: Aber nicht doch, Herr Wirt, ich bin Doktor der Rechte!

Wirt: Wos! A sua! Sehns des is mir a wos Neus, daß mä für'n linkn an extra Dokter braucht.

Gast: (*für sich*) Hoffnungsloser Fall! (*zum Wirt*) Übrigens, es ist draußen Glatteis, Sie müssen streuen, da kann man sich ja das Genick brechen!

Wirt: Des macht nix, mir senn ja in der Hoftpflicht.

Gast: Ach du meine Güte. Gibt's was zum Essen, Herr Wirt?

Wirt: Essen? Freilich hom mir wos!

Gast: Haben Sie eine Speisekarte?

Wirt: Hä? Wos is des? Eine Speise zum Karten? Oder eine Karte zum Speisen? Na, Mastä, wir hom die Kartn nur zum Schafkopf!

Gast: Wollen Sie mich beleidigen? Ich bitte mir einen anderen Ton aus. Ich bin akademisch gebildet und kein Schafkopf.

Wirt: Entschuldigens nur, ich hou ja nije gwißt, daß Sie akadisch ein-gebildet senn. Der Schafkopf is halt bei uns a Kattnspiel!

Gast: Ich will aber Essen und nicht Kartenspielen, zum Donnerwetter nochmal! Haben Sie Roastbeef?

Wirt: Roß? ... Na, unnä Metzger schlocht kanna Rösser.

Gast: Mann o Meter! Können Sie vielleicht dann schnell Ochsenaugen machen?

Wirt: Herr! Schau ich denn aus wie a Rindviech?

Gast: Das ist doch eine Speise!

Wirt: A sua! Speise! Ich fürcht, der Metzger hot kann Ochsn gschlocht, vielleicht hot er a Gracherts oder an Spünd?

Gast: Nein, nein, ich will nichts kannibalisches!

Wirt: No, dann hätt ich nuch Kejs mit Musik?

Gast: Wegen mir brauchen Sie keine Kapelle engagieren.

Wirt: Vielleicht dann … Wöscht?

Gast: Nee, eine langt schon.

Wirt: Des is a blues ana, mä socht halt suä bei uns, Wöscht, nije! (*schreit zur Tür hinaus*) Margaret, hom mir Wöscht gessn?

Margaret: Hä! Au, ja, au, ja!

Gast: Was Sie gegessen haben, interessiert mich nicht. Ich will essen zum Donnerwetter nochmal!

Wirt: Des derfns a, ich hou blues gmant gessn – da drüben, nicht!

Margaret: (*schreit zur Tür rein*) Die Wöscht senn hessn!

Gast: Was, die wollen Sie erst in Hessen holen? Bringen Sie mir etwas anderes, um Gottes Willen!

Wirt: Essens halt an Hering?

Gast: Meinetwegen! Hering, Würscht, hessn, gessn. Bringen Sie etwas, ich bin schon bald am Ende!

Wirt: Dann wart mer halt nuch a weng, vielleicht kummt's suweit, dann homs as Geld gsport! Noja, bring mer halt wos (*verschwindet*)

(*Inzwischen betritt ein Einheimischer betrunken die Stube, setzt sich an einen anderen Tisch.*)

Wirt: (*bringt das Essen, stellt es dem Gast hin*) Mahlzeit

Gast: Danke.

1. Einheim.: Breng mä a Schnells!

Wirt: Dou! (*stellt es hin*)

2. Einheim.: (*kommt herein, ebenfalls mit Schlagseite, geht an die Theke*) Gib mä a Schnäpsla, bevue a Unglück passiert.

Wirt: (*schenkt ein*)

2. Einheim.: Gib mä nuch ans, bevue es Unglück reibricht!

Wirt: Souch mol, wenn gibt's denn etzela des Unglück?

2. Einheim.: Etzela gleich, ich koo nämlich nije zouhl!

Wirt: Ihr Lumpnfirma, widde ka Geld, dou stedd, dou stedd nuch a Haufn Bier!

2. Einheim.: Ich mouch ka gstandns!

Wirt: Doa! Die Seitn is scho vuel, vuel lauter Schwartn, gedd nix meh drauf!

2. Einheim.: Des macht nix, donn schräbstes auf die anne Seitn!

Wirt: O ihr Lumpn, ihr macht mich nuch hie, nauskhiem ghörte!

2. Einheim.: (*geht zum Tisch, nimmt eine Flasche mit*) Grüß dich Alte!

1. Einheim.: Wos willst denn du, du neunmol Olbere?

2. Einheim.: Wer bist denn du, du Kühhuen?

1. Einheim.: Dei Krätznsau nije!

2. Einheim.: Och, ich hock mich doch ze kann wildfremdn Menschn no, ich gijeh!

1. Einheim.: Ich hou sakrisch geloudn, ich gijeh a!

2. Einheim.: (*zum Wirt*) Heit wor ich beim Dokte, der hot mä a Niernspülung verschriem. Gett also alles auf die Kranknkassa! Servus!

Gast: Nette Kerle, muß man schon sagen. Wer waren denn die beiden?

Wirt: Och, des senn zwa Brüder, wenn die besoffn senn, kenna die sich selber nimmä. (*Räumt ab, kratzt sich immer am Hintern.*)

Gast: Haben Sie ein Zimmer zum Übernachten?

Wirt: Ja, ja hom mir scho!

Gast: Gut, dann bleib ich hier! Ist Ihrer Frau Gemahlin schon besser?

Wirt: Hoffentlich wädds bal, daß ich a amol widde fort ko.

Margaret: (*kommt herein, will sich hinsetzen, schreit aber auf*) Au, o Au!

Wirt: (*scheinheilig*) Tut's recht wia, Margaret?

Margaret: Lump, scheinheiliche, verschwind etz und huel es Futte fe die Gaaßn!

Wirt: (*geht*)

Margaret: (*setzt sich zum Gast*) Des passt na gor nije, daß ich kronk bin, Au! Der möchet su gern amol widde fort. Ausgehn und saufn und oo andera Weiber rumtätschln. Au! Obbe ich helf na desmol, oh, ich loß den Spreißel drin, Au! Und wenn ich sterb! Glaam Sie, daß ich amol nein Himmel kumm?

Gast: Sicher!

Margaret: Und mei Alter a?

Gast: Ja, freilich!

Margaret: Sie senn bestimmt a gscheiter Mo, des siecht mä Ihna scho o, nije? Glaam Sie's a gwiß?

Gast: Ja freilich, sicher!

Margaret: Gott sei Dank! Wissens, den Herrn Pfarrer hou ich a scho gfrocht, der hot a gsocht, a weng Buß muß er scho nuch tu mei Hann, dann kummt er bestimmt, wenn a auf Umweg nein Himmel. Gott sei Dank! Wissens, der spitzt nämlich scho lang auf die Höll, weil dou seina andern Weiber zamm drinn senn. Au, Au! So, etz geh ich widde, meina Säu füttern! Nix für ungut.

Gast: Schon gut! Komische Alte!

Wirt: (*kommt wieder herein, juckt sich immer wieder am Hintern*)

Gast: (*fragt teilnahmsvoll*) Sagen Sie mal Herr Wirt, haben Sie Hämorrhoiden?

Wirt: Wos manas?

Gast: Ich meine, ob Sie Hämorrhoiden haben?

Wirt: (*schreit zur Tür hinaus*) Margaret, hom wir Hämorittn?

Margaret: (*schreit zur Tür rein*) Na, blues nä nuch Eckstein und HB!!

Vorhang!

Dä Holba-Omd-Stammtisch

Gemütlich und nije gor so enst
su worn die altn Zeitn
me hot geärbet und gelebt
des konnt me nije bestreitn.

Und wenn me dann in Rentn ging
ghöht me halt zu die Altn
doch ghaaßn hot des lang nuch nije
daß Orsch und Maul grieng Faltn.

Bei Vielna wor des Altesgeld
ne bloß ne a poor Krötn
Hauptsach, es hot zen Lem gelangt
daß me zefriedn wo in Nötn.

Daß sa geschmeckt hom und des jedn Toch
dia Seidla Bier, die gsundn
daß me zen Demmeschoppn fott könn gijeh
ze Altn-Stammtischrundn.

Do kumma sa – dä Beetzn Fritz,
dä Taumhans und dä Lahma,
dä Holzkraus und dä Schrepfesschwarz
wölln a nije den vesahma.

Dä Baasch Dees und dä Stöcks Paula
und nuch dä Dorits Kunnet,
as Welt Korla, dä Mühl Adolf,
dä Gustl nuch, dä Wunne.

Su sitzn sa om Stommtisch dro
jedn Toch wie eigerohmt
ab viera rüm beim Bapist drunt
ze ihrn Bier und Holba-Omd.

An Camembert, an Bismarkhering,
an Backstaakees, an Stinke,
a Trümla vo an Schwazn Flaasch,
wenn dä Schruet hot übewintet.

An Koppn Brued, a Semmela
je noch Oort und Portmonnee
de Ane schmatzt, de Anne rülpst
a je noch Oort und Zeh.

Dä Bapist braucht blues eizeschenk
dä braucht ne blues bedien
Essn – do vekafft dä kaans
des bringa die zamm miet.

Dann wädd deziehlt, wähn Sprüch gemacht
a manchesmol a Lüng
den Bapist wädds öft Angstabang
daß seina Balkn sich nije bieng.

Dä Lahma Bapist hot als Flura
gor manches Ding delebt
heut kromte widde aus seim Wissen
wie dä Matzn Ludwig wollt na nepp.

Su laaf ich doch, kurz vor Weihnochtn
– deziehlt er zen x-tenmol –
hintn Christagrom und Aschbergla
ruhich wor's und kolt.

Auf amol wackelt uem a Giebl
wos söll ich euch etzt song:
a klane Schniasturm kümmt zeöscht
dann kummt a Christbaam gflueng.

Ich glaab doch nije on Nikolaus
ich hob doch nuch mein Sinn
wie kummt's, daß ich su an schöna Baam
vo meina Füß dou finn?

Noja, denk ich, dä iss wie gfunna
und wie ich na aufhijeb
do schreit wä vo de Fichtn ro:
leßt du denn Baam do gijeh!

Öschtra bin ich ganz deschrockn
weil's nuch an Pflumpfe tut
steht doch vo mich die Metztn do
mit sein zemantschtn Hut.

Heilinga, sochte dou ze mich,
Bapist, stell dich vo,
wollt ich doch grad a Nejst ausnehm
do fellt dä Giebl ro.

Dann kummt dä Beetzn Fritz zen plauden
dä wor frühe auf de Stroß
er deziehlt zen zehntn Mol
sei Gschichtla vo de Goos.

Wie er om öschtn Feietoch
mit an Zippela wo geleng
wie die Weihnachtsgoos gebruzlt hot
als sei Retl nei die Kierng.

Wie dä Duft su nei die Schlofstum ziecht
do gröcht ich einen G'luste
ich schleich ze de Küchn wie a Hund
daun die Welt wor's zapfnduste.

In de Röhrn wor's Gensla braun
und ich mit einem Brass
reiß a üntes Baala raus
Sapprament wor des nuch haaß.

Und wie ich neibeiß will und möchte
oh weh, herrjemineh
do merk ich öscht, ich Hornochs ich
im Schublon lieng die Zeh.

Suviel ich wühl, suviel ich such
die Zeh, die worn do nije. –
Wos suchst denn Alte, hinte mich,
die Alt steht in de Tüe.

Ich hob mes doch gedocht, Schlitzöhrla,
und mit Scheinheiligkeit,
deina Zeh worn in den Kierng mit mich
denn die Goos ghöht uns ze zweit.

Dä Schrepfesschwarz hot's mit die Bronchen
hust und pfeuft wie a alte Gaul
lahnt, übe sein Hörnlasteckn,
dä Gaafe läfft na aus'n Maul.

Dann spotzte auf'n Wettshausbuedn
und tritt des Ganza braat,
ja, ja, die olben Weisbilde
ich hob a su Ana hamm.

40

Wollt doch mei Gunga, des Kamel
om Sunntoch mich an Göge brot
mit guta Klöß und guta Soß
und mit Rapunzelasolot.

Ja, wie sa auftrecht, kriech ich Aang
ich hob viel gsäh allmaletta
doch su an Göge doch nuch nije:
gebrotn und mitsamt die Feden!

Dä Dorits Kunnet hot gekäut
spotzt unten Tisch sein Soft.
Schwaze, mit dena Gunga hosta recht
mich hom meina a bal gschafft.

Sella, Selle und dann Dä
– des fellt zwor aus'n Rohma –
su haßt dä Kunnet seina Drei
braucht weite kanna Noma.

Selle, wor dä Hans, dä Grueß
Dä – des wor dä Heine
Sella, wor die Gretl nuch
und dä Kunnet wor ka Leine.

Selle, sochte, hot a Auto
vefeht sei Geld, stott dasses spoht
Dä – muß rang, guta Bißla freß
hot denn su a Welt a Oort?

Und Sella frißt kanna Heringsgretn
gibt sa liebe stott an Hund,
ihr Menne, pfui, mit setta Grütz
nobl geht die Welt ze Grund.

41

Dä Taumhans wor a Unikum
a Prachtstück wor sei Nosn
die wo blau, grü, rot und gelb
as schiefe Maul konnt Sprüch loslossn.

Hausmetzge wo dä Taumhans a
nembei a klas Viehjüdla
mit'n Fritz sein Schwoche machte zamm
wer kennt na nije, den Schüla.

Amol schlochte, beim Phi- Phi- Philipp
dä Hans muß grins, dann weite spricht,
ihr wißt doch, daß dä gute Mo
su gern deziehlt vom letzten Kriech.

Ich dreh den Wolf, dä Philipp plaudet
auf amol schreite, ha- ha- halt!
Wos hosten, Daabe – mei- mei- meina Finge,
keeßlaweiß – dann Sa- Sanitäte!
Su wurd dä nuch amol verwund.

Gell, nei die Lebewöscht ghöht Leben
und a Kraut wos die Wöscht streckt
wie wor des Hans, host sa vegessn
hom sa alla dann geneckt.

Su gob's Krautwöscht mit Lebeklößla
beim Philipp wochenlang zen Fraß
und dä mant, – Du, Du müßt stott Taumhans
etzt Kra-, Kra-, Kra-, Kra-, Krauthans haaß.

Dä Mühl Adolf, dä hot indessn
sei Bier, sei Schnepsla ausgeleet
hmm, brummte, tött nein Glos mit'n Dauma,
Bapist, daß dies auf an Weg geht.

Dann wuchte seina zwa Zentne huech
und schwankt zen Abot naus
und unten Brunsn zerrte dann
a guts halbs Pfund Flaaschwöscht raus.

Die link Hend is om Huesntürla
die recht Hend helt die Wuescht
ä frißt und grunzt und brunst debei
su kriechte widde Duescht.

Dä Stöcks Paula, a alte Flöße
find beim Plauden öft ka End
deziehlt wie er beim Plöchetreim
sei Huesn mußt umwend.

A grad wie ich om hinten Eck
freihendich hock om Stengla
stößt des Pluech om Ufe o
wenn a ne blues a wengla.

Bautsch, wo ich im Boch geleng
as Wasse übe mich
höit dä Schosch mich nije mit'n Hong dewischt
ich glaab, ich wö heut hie.

Wos in de Todesstund me denkt
wollt spete amol dä Pfarra wiß
Brude, soch ich, dä letzt Gedankn wor:
Paula, des wor dei letzte Schiß.

Weil sa groud su bei de Säuerei
gibt dä Holzkraus nuch sei Gschichtn:
Auf'n Christbaammarkt in Leipzig duem
hot ich an Busch vo ane Fichtn.

Die Kundschaft kummt, die Kundschaft geht
do wenn me muß is schlecht
zen nächstn Pissoar wor's weit
drüm wor dä Busch grad recht.

Vezeh Toch hom mir neighaltn
daß dä nije gfackelt hot wor nije ze glaam
und dann om allerletzen Toch,
es wor scho heiliche Omd,
kummt nuch su a ganz alts Müttela:

Ooch is dees a scheenes Bäumchen,
dees scheene Bäumchen muß ich hom
och wie de riecht, och wie de duftet
der richtche Flair vom Frankenwold.

Frau, dä Baam is nije zen kaafn –
Nu machen se doch keenen Bledsinn nich
ich geb dafür noch fünf Mork extra
nur, weil der so scheene riecht.

Am Stammtisch, do wädds imme läute
trümme Lache, trümme Schra,
as Welt Korla fengt o ze stichln
as siebte Seidla kriechte a.

Dä Wirt, dä Bapist schlaaft die Baa
brengt die Seidla schief und krumm
sei Zunga die rotiert beim Plauden
me döcht bal, as Gebiß es kummt.

Dä Baasch Dees stellt sich auf sein Stuhl
Silencium – er will as sing
do kriechte seinen Niesanfoll
dann häbt's na no, des Ding.

Dä Bapist, Pionier im öschten Kriech
Veteran und Patriot
fengt's singa o vom Heldentum
und vom Soldatentod.

Und alla Altn in de Rundn
mit geschwellter Brust, der Soldat erwacht
in Dur und moll aus vollen Kehlen
Argonnerwald um Mitternacht.

Den Dees om Buedn übekummt
a sei Obergfreitngfühl
er robbt und dann sprung auf, marsch marsch
durch die Baa, durch Tisch und Stühl.

Um Ochta dann, as Foß is lää
und die Konäl senn vuel
steht Ane noch'n Annen auf
und schwaamt de Haamet zu.

Su gehn sa haam – dä Betzn Fritz,
dä Taumhans und dä Lahma,
dä Holzkraus und dä Schrepfesschwarz
mit klana, grueßa Sahme.

Dä Stöcks Paula,
dä Baasch Dees a,
a nuch dä Dorits Kunnet
as Welt Korla, dä Mühl Adolf,
dä Gustl nuch dä Wunne.

Dä Bapist räumt mit letzta Kroft
sei alta Wettschaft zamm
um Viera moring, wädds widde schö
bei mir – zen Holba-Omd!

Der Kuhlahann und sei Wundekuh

An Kuhlahann sei alta Scheck
wor a besondra Kuh
achtzeh Ringla um die Hönne
zeah gelba nuch dezu.
Vo seina Scheck hot dä Kuhlahann
im Wettshaus gän deziehlt
wenne beim elftn Seidla Bier
und die Leut hom schö hieghöht.

Mei Scheck des is a Wundekuh
nije ne dassa käut und schnupft
wenn ich im Stoll nei mein Hönnla blos
dann tanzt sa fei und hupft,
die bestn Greßla will sa freß
und wenn des Zeuch nix taacht
dann schimpft sa fei, macht trümme Schra
und rollt nuch mit die Aang.

Ze Früh, Mittoch ihje Kleiasaufn
ze Nocht an Aame Bier
und alla Wochn öchselt sa
und will partout zen Stier,
die hot Feue, Temperament
is halt nuch wie a Junga
und wenn sa dann befriedicht is
do schnellzt sa mit de Zunga.

Zeh Johr lang steht des Viech scho truckn
und milkt nuch jedn Toch
bloß des melkn, trauta Leut
des is die reinsta Ploch,
a Eute, prall, fest, tief und braat
su hengt des hintn nunte
des is als wie a Automat
des is – a Molkereiwunde.

Drei Zitzn hot sa und die Aa
gibt Milch, me soll's nije glaab
und die zweit, bei meine Siel
des is dä blanke Rahm
bei de drittn mußta knötsch
dann rippelt die sich fest
und do kümmt dann bröckelesweis
a echte Ziebeleskees.

Mei Scheck des is a Wundekuh
die zerrt – och wie zwa Pfer'
wenn sa moch, dann moch sa a
wenn nije, dann bläbt sa steh.
Vo Kronich bis auf Wallenfels
vo Rodich bis auf Friesn
bis Stanich für, bis Fischboch hie
ob Zeyern, ob Stawiesn.

Die kennt a jedes Wettshausschild
und tut do kann Triet weite
und wenn ich schrei, hö alte Scheck
du wäsd fei a nije gscheite,
dann zwinket sa, als wöllt sa soch
khi, mach doch ka Sporanzn
ich waß, du brauchst doch, Kuhlahann,
öscht a Moß nei deine Ranzn.

Wenn sa om Stommtisch leisla senn
dä Beck, dä Schmied, dä Schuste
dann zünde nuch a Pfeufla o
und macht an ganz klan Huste
und wenn ä's linka Aach zudrückt
und blinzelt übes Krückla
do kos da wett, kümmt garantiert
dä Versch do mit den Züchla.

Ich huelt amol a Füdela Gros
mei Scheck die zerrt schö friedlich
und simulier, in ane Stund
machst dein Holbe-Omd gemütlich.
Auf amol pfeuft's, bei meine Siel
a Pfief, a gor su kerre –
Jöses, as Nordhalme Mockela
und des kümmt imme schnelle.

Ich zerr om Latsaal, brr Scheck brr,
die Kuh die macht an Raafe
ich halt links, die Scheck hält rechts
rollt mit die Aang und gaafet.
Des Züchla kümmt vobei gedonnet
des faucht und pfeuft, hüüü, hüüü
a Mete, och a halbe bloß ne
und die Deichsel höt sich gspießt.

Im letztn Wong a alta Fra
an Schra, ho na nuch ghöht
do macht die Kuh an Schlampera
für mich wor's scho ze speet
im hoha Bogn fliech ich vom Fude
und land auf meine Scheck
öscht as Mockela, dann ich Mockl
des wor zeviel, dä Schreck.

Die bleest und flucht an granting Muhe
und dann beginnt dä Tanz
mei ana Hend packt vorn as Horn
die ande hint an Schwanz,
scheints weil ich auf ihrn Buckl höck
do wädd die Kuh ganz daab
und mit an gewalting Satz
flieng mir übes Gelaas.

Dä Strieck zerreißt, as Otscheit fliecht
as Wechela kippt um
ihr Leut, ihr Kinne geht auf Seitn
und glotzt etz nije su dumm.
As ganza Doff wo aus'n Häusla
des hot die Welt nije gsäh,
ich Kuhlahann, auf zur Attacke
wie einst als Schwaleschö.

Mei Scheck die hot dann durchgedreht
und raaßt de Haamet zu
mei Alta die grad Dreeckwesch flaat
die fehlt mich nuch dezu.
Jödich, schreit sa, Kuhlahann
bist du a Kreißnbosch,
su müßt bei mir halt a nuch reit …
Geh hä, leck mich am Orsch.

Mei Scheck, die übl Kreatur
schmeißt mich nuch nei die Brüh
a Schlückla Wasse mußt ich nehm
a Woch lang wor ich hie.
Meina Alt' ihr Maul hot Kerwa ghobt
die posaunt dann Toch a Nocht
wennsta gstorm wöst, könnt dir nije helf
oh Hann, su mußt ich lach.

Ja, die Gschicht vom Mockela
die is nuch nije ze End
wie gsocht, mei Scheck a Wundekuh
is gescheit und intellechent.
Noch Wochna, wie dä Schreck vobei
huel ich mol widde Gros,
vor'n Boogelaas, kann Rucke meh
ja – wos macht die Kröt ne bloß?

Die hebt ihrn Schwonz und dreht sich rüm
und glotzt allfott mich o
des haßt, kumm runte Kuhlahann
ich muß dich etz wos froch.
Und wie ich olzich beira bin
do häbt die hintn naus
des haßt, host ghöht du Kuhlahann
etz spannsta mich gleich aus.

Ich tu den Gfalln und denk debei
etz läfft sa schnurstracks haam
etz koost as Wechela selbe zerr
an Orsch, hot die dich gsaamt
wos denkt ihr Leutla wos die macht?
An Sotz macht sa, an Sprung
und steht braatbanich auf'n Wong
und guckt sich öschtmol um.

Dann guckt sa links, dann guckt sa rechts
ob's Mockela nije kümmt
dann springt sa widde ro ze mich
fohr zu, die Richtung stimmt.
Su is des bis zen heuting Toch
fohrn mir übe die Boo
do hupft mei Scheckla öscht om Wong
und übezeucht sich fro.

Bedächtig trinkte sei Nachela aus
und steckt sei Pfeufla ei.
Gut Nocht ihje Menne, kummt gut haam
und loßt's euch nije gereu.
Om Haamwech hotte recht gegrinst
und hot für sich gegrohnt ,
dena ho ich de heut Lüng aufgsaalt
noja – die Menschheit wills su ho.

Der Musiker-Hannla

Eine ernst heitere und vielleicht auch nachdenkliche Erzählung

Es war am Dreikönigstag im Jahre 2020. Dä Musike-Hannla vo Zeyern lag im Sterm! Eigentlich hieß er Hannla Müller, er hätt aber ebenso anders haaß könna. Musike-Hannla wor halt sua Ort Hausnoma, me hot na halt so ghaaßn, weil er ejm sua Idealist und Fanatike in de Musik wor – und sua Mo wor im Johr 2020 scho a Seltenheit.

In ane Zeit, wu die Menschn auf'n Mond, Mars und Venus rumgetrampelt sen, wu die moderne Musik bloß nuch a Geräusch und Gekrächz wor, worn Menne wie dä Hannla, die sich mit Leib und Seel der Volks- und Blosmusik verschriem hom, Raritäten. Ganza zwölf Hansela wor die Zeyerne Kapelln bloß nuch stark und dä Hannla, er hot sa nije ne bloß zammghaltn, er wor Vorstand, Kassier, Schriftführer und Spielleiter in ane Person. Und er heit a nuch den Dirigenten gemacht, wenn er sich mit sein Bumpadon hätt von no stelln könna, obbe weil me zen dirigiern die zwa Hend braucht, konnt er ejm as Steckela nije a nuch nehm. Su hot er as dirigiern sein Bum, dem Benni beigebrocht und es is a sua ganz gut ganga.

Und wie scho gsocht, heut wor Dreikönig, as Konzert, seit Generationa scho Tradition, wor ongsetzt. Wie hot me sich seit an dreiviertel Johr bei die Probn angstrengt, wie hot me manchmol geschimpft, gflucht und sich geärchet – wie's halte frühe a scho wor – und etz wor dä Hannla im Bett gelejng, zen Sterm. Debei wor er o Silveste nuch ganz munte und beisamm und weil sa in selle Zeit a imme nuch wos auf alta Bräuch ghaltn hom, is genau wie frühe in Zeyern und Umgebung as Neujohr ongspielt worn. Su hom sa sich halt om Toch vor Silveste in ane Wettschaft getroffn, senn nunte die Wöhrlesmühl, dann auf Roßlich und üben Finkenflug nei die Erlabrück geloffn. Do hot's a Schnepsla, dotta an Punsch, dann widde a Schnepsla gejm, zwischnnei a Bier, und ihra Stendela senn vo an Haus zen annen imme kürze und nije grad besse worn. Su senn sa noch an ausgiebigen Mittoch üben Forstloh nauf'n Hommer und dann nuch auf Dönnich gewacklt und unne Hannla, a nümme der Jüngste mit seina poor sechzig Johr, hot su grad sei Ärbet ghobt, dasse mit sein Bumpadon und dem inhalierten Alkohol as Gleichgewicht ghaltn hot.

Und daß ich's nije vegäß, es wor saukolt und an Haufn Schnia wor gelejng, su dassa alla zwölf in später Stund vo Dönnich ro im Gänsmarsch laafn mußtn und debei a Spur getretn hom, als höit me a Herd Elefanten an Dönniche Weg reigetriem. Des wor bestimmt nije do dro gelejng, dassa alla ungleichmäßicha Füß ghobt hom, sondern me konnt scho eher vermut, daß des Bier- und Schnapsmeer in Jedn sein Mong solcha Welln gschlong hot, daß zu ann Schriet vorwätts, öscht vorher zwa rechts und zwa links kumma sen. Unne Hannla mit sein Bumpadon auf'n Buckl wor as Schlußlicht und su lang, daß noch an Ausrutsche noch links odde rechts a Baam im Wech wor, is ause a poor Hönne om Schedl und ana Beuln im Bumpadon noch gut ganga. Wie's halt ihramol sein Laaf nimmt, grad bei an Mordstrum Rucke noch links, hot a Baam gfehlt und dä Hannla is de Leitn neigebollet. Sei Instrument auf'n Buckl hot wie a Keilriema gewirkt. Wor dä Hannla auf'n Bauch gelejng, hot na dä Bumpadon widde um hunnetachtzich Grad gedreht und des hot sich sulang widdeholt, bis er untn in an Grobn gelejng wor und alla Vier vo sich gstreckt hot. Stöcklafinste wor's, dä Schnia auf die Baame hot geknackt, so daß den Hannla sei Absturz vo Kann bemerkt worn is, wos ja bei dena Kollegn ihra Zustend a nije vewundelich wor. Su wor dä Hannla muttesternallaa unten Dönniche Wech gelejng und imme nuch in deselbn Stellung als die annen Elf scho widde im öschtbesten Zeyerne Wettshaus ihrn ewigen Durscht gelöscht hom. Bis endlich an Benni aufgfalln is, daß dä Votte nije do, bis er sich überzeucht hot, dasse hamma a nije eigetroffn is, und bis sie na endlich gsucht und gfunna hom, worn a schös poor Stundn veganga. A Flaschn Schnaps hot an Hannla widde a wengla aufgerecht und o Silveste in de Ortschoft is as Blosn, wenn aa a bißla haselich, scho widde ganga.

Obbe halt an nechsten Toch o Neujohr, do hot's na gschüttlt, su daß na die Anna, sei Fra, nein Bett gsteckt hot und sie höit na fei nije neigebrocht, wennsa nije gedroht höit, daß me in dem Zustond bei an Dreikönigskonzert nije mitspiel ko.

Weil die Musik und übehabt as Dreikönigskonzert an Hannla sei Lem wor, hotte sich gfügt. Und dann, wie's trotz Wärmflaschn, Schnaps und Punsch nije besse worn is, hom sa endlich an Dokte ghuelt. Der hot an Hannla as Fiebe gemessn, hot na untesucht und sei Gsecht, des hot die Anna gleich gemerkt, wor sehr, sehr bedenklich. Im Wohnzimme hot's dä Dockte dann de Anna gsocht, daß schlecht, sehr schlecht um an Hannla ausschaut. 42 Grad Fiebe und a ganz schwera Lungaentzündung höite und es wör gut, me töits den Herrn Pfarra a gleich song. Do is die Anna deschrockn, tapfe hot sa die Träna untedrückt und as Nochtkästla hägericht. A Kruzifix, zwa Kerzn und wos me halt alles su braucht zen Versehn hiegstellt und dä Herr Pfarra hot dann den Hannla auf sein letzten Weg vobereit. „Ich will ja gern sterm", hotte zuletzt zen Herrn Hochwürdn gsocht, „wenn ich ne bloß nuch as Dreikönigskonzert erlejm könnt. Su obbe liech ich do", hotte gemant, „und wer soll heut ze Nocht den Bass blos? Soll den unne, mei Konzert, soll denn des ausfall?" Doch dä Herr Pfarra hot na getröst und der Benni sei Bu, noh am Greina, mant, „Votte, es wädd scho wern, ich fohr auf Friesn und säh zu, daß ich a Aushilf kriech." „Ja mei Bu, tu's, schau, daß unne Konzert gerett wädd".

Wie sa dann aus'n Zimme worn, hot an Hannla as Fiebe widde gepackt und sei Blick auf die Kerzn auf'n Nochtkästla hiegericht, hot sich auf amol veschleiet und dann wor's ihm, als hebet na wer empor und weit, imme weite weg. O Wolkn, o Steernla ging's vorbei und auf amol wor er vo an grueßn Tor gstandn, su grueß und schö, wie's dä Hannla in sein Lem nonich gsäh hot. Und wie er dann o aner grueßn Glockn gezerrt hot, is des Tor automatisch aufganga und laute weißa Engela senn in den Raum gschwebt, mit goldna Flügela und blonda Hoorn und aus alla Instrumente die's übehabt gibt, hom die as Halleluja geblosn, su schö wie's dä Hannla in sein Lem nonich ghört hot. Des konn doch bloß dä Himmel sei, denkte sich und wie er auf amol vorn Hl. Petrus gstandn is, hot er's gleich gwieß gewißt.

„Grüß Gott", socht dä Hl. Petrus zu ihm „ein Neuzugang, na wen haben wir denn da? Wie heißt er denn?" Ganz schüchtern, „ich bin dä Hannla Müller aus Zeyern, dä Musike Hannla wie sa mich haaßn, Herr Petrus." „So, so, dä Musike Hannla aus Zeyern. Na, da wolln wir mal im Buch nachsehen. Ja hier, da steht, Johann Müller, Zeyern, einpassieren am 6. Januar 2020 um 23.07 Uhr, aber jetzt ist doch erst 19.50 Uhr. Ja da ist er doch zu bald dran? Ja, was machen wir denn da? Freilich, jetzt weiß ich's. Heut ist doch Hl. Dreikönigstag, gelt?" Debei, su is denn Hannla vorkumma, hotte a weng gschmunzelt.

„Direkt in den Himmel können wir noch nicht, aber geh einmal mit." Dann hotte sein Schlüsselbund genumma und is mit'n Hannla fott. Auf an purpurn Teppich senn sa geloffn, rechts a links hom Blümla geblüht, die Steern hom rauf gfunkelt, und Engela nichts wie Engela senn vo, hinte, unte und übena dohiegschwebt. Do und dott worn riesicha Gebäude gstandn und auf amol worn sa vo an grueßn Sool. „So", socht dä Hl. Petrus, „jetzt schauen wir mal da hinein," und hot an Spitze aufgemacht.

Ja mein Gott, wor des a Sool, su grueß, daß na dä Hannla nije übesäh konnt und die Deck wor a grueßa blaua Kuppl, viel größe und schönne wie die vo Vezehheilign, ja do wor die a Dreeck degegn und ganz obn, do wor auf an goldna Thron die Hl. Dreifaltigkeit gsessn, so daß sich dä Hannla unwillkürlich bekreuzigt hot. Vonna dro wor a Bühna und do drauf hot sich a Musikkapelln aufgebaut. Zuöscht hot dä Hannla ne a wengla hiegeguckt, dann etwas länge, dann hotte an Petrus ogschaut und do wor's ihm, als töit dä su richtich scheinheilich grinsn. Und wie er nuchamol richtich die Kapelln betrocht, do is ihm kumma. „Hl. Petrus, is denn des wirklich wohr, ja, ja, des senn doch die Zeyerne?" „Hm", schmunzelte der Himmelspatron, „des senn die Zeyerner und die haben auch heut im Himmel ihr Dreikönigskonzert." Ja und wie worn die beisamm. Gewichsta Schuh a Jede, alla dieselbn Strümpf, ihra ledern schwarzn Bundhuesn tadellos saube, die weißn Hemede mit schwarza Binde drin, alles gleichmäßig und drübe die schö rot Westn. Die Instrumente hom geglänzt und ka anzichs hot an Mackes odde a Dalgn ghobt. Ja und do hot dä Hannla gstaunt, des hotte nuch nije elebt. Alla worn sa beisamm, kanne hot gfehlt, denn die Meistn hotte ja scho als Bu gekennt. Do wor dä Bruno vonn am Dirigentenpult, sei Hoorzwirble is schö glatt auf sein Kuepf ogelejng und hot nije wie imme in die Höh gstatzt, dä Ernst wo ne nije übehabt, er wor sugor als öschte do, dä Hans hot ka grimmigs Gsecht gemacht, dä Herbert wie eh und je o de grueßn Trummel, selbstbewußt und zuversichtlich, dä Michela wor do, dä Robert hot nije gfehlt, ja sugor die klaa Trummel wor besetzt. Hintn links im Eck, dä Gorche und dä Hann mit ihra Bumpadon, do hot's an Hannla as öschtamol gejuckt, wie gern wöre do hiegschlupft, doch dä Hl. Petrus hot gemant: „Du kommst auch noch dran."

Untn im Sool do wor der Prominententisch, wie eh und je, do worn die Burchemaste und Gemarät zammgsessn. Alla worn sa vollzählich, denn im Himmel ko jo kanne krank wä odde vehindet sei. Dä Kunnert wie imme hot sich nije scheniert und zu sein schwarzn Anzuch an rotn Binde getrogn. Do wor dä Herr Pfarra neben Herrn Lehre ghockt, als höits nie Differenzn gem, dä roteste Sozi neben schwäzesten Schwarzn, dä Mühlbaue neben Woldbauen, als wörn sa auf Erdn nie weche zwa Quadratmete Land und an Raastaa Todfeind gewesn. Ja, suweit dä Hannla gschaut und suweit der sa nuch gekennt hot, Kanne hot gfehlt. Do worn sugor Solcha do, die me hamma in Zeyern nie auf an Konzert gsehn hot, „Vielleicht weil sa do vom Herrgott direkt gsäh wän, hä", denkt sich dä Hannla „und vielleicht weil's a nix kost?" Do worn sa, dä Hann und dä Schosch, dä Heine und dä Seppe, als wörn sa nie veärcht gewesn. Ein Fluidum und eine Stimmung wor in dem Sool, denn es hot – do schau her – a im Himmel die Stärk, as Bier gejm. Dä Hl. Gambrinus persönlich is hinten Foß gstandn und hot sein Stoff ausgschenkt und Engela hom als fott hiegetrong. Dä Michela wor scho beim zehnten Seidla und imme nuch normol, ja übehabt worn sa alla su schö friedlich, ka Stichelei und ka Streit. Und widde hot's an Hannla gerissn, als sua Engela mit an vueln Kruch ganz noh vobei gflueng is, obbe dä Hl. Petrus hot widde mol gemant: „Nur langsam, du kommst auch noch dran."

Obehalb de Bühna, wu sich etz die Musik su langsam zen Spieln fertich gemacht hot, saß auf an, aus laute goldna Notnschlüssl gschnitztn Sessl die Hl. Cäcilia, die Patronin der Musik. Herrschaftszeitn, hom die gleich an Marsch hiegelegt, dä Vorstand hot sei Begrüßung ghaltn frei, ohna vom Blatt zu lesn, direkt fließend. Wie dann dä Burchemaste nije aufhörn wollt ze redn, do hot die Hl. Cäcilia vo ihrn Sessl runte gemant: „Genug der Worte sind gewechselt, laßt uns endlich Taten hörn." Do hebt der Bruno as Steckela, gor nümme so arrogant und überheblich wie frühe, sondern ganz leger und gekonnt und as öscht Stück, a Ovetür, die hot geklunga, daß es sugor für den Unmusikalischsten a Genuß

59

wor. Und dann hom sa gspielt, mein Gott hom die aufgspielt, daß dä Hannla aus'n Stauna gor nümme rauskumma is, vor Freud gelacht und gleichzeitig vor Rührung gegrinna hot. Wos hot dä Otto seina Trompetn für Tön entlockt, dä Franz auf amol für a Posauna geblosn, dä Baptist und dä Ludwig hom gspielt als höitn sa im Lem ka Asthma ghobt, dä Leo wor su bei de Sach, dasse sugor as Schnupfn vegessn hot und nebe und hinte na, dä Hans, dä Ewald, dä Heinz, dä Anton und wie sa Alla ghaaßn hom, wor des a Genuß wos die aus ihra Instrumente rausghuelt hom. Vielleicht a nuch deswegn hot sich dä Hannla gedocht, weil die Luft um an Leo rüm heut amol rein und saube wor.

„Gell", hot do dä Hl. Petrus gemant, „gell da guckst du, Hannla. Ja, ja, da heroben wird auch fleißig geprobt, da fehlt nie einer, da wird auch keiner zu alt und alle haben ihre Zähne wieder, also keine Ausreden. Da gibt es bei den Proben keine Herrgottssakramenter, Kölbl oder Himmelhunde, da verkauft auch keiner seine Klarinette nur weil er's Geld braucht, da watscht auch keiner sein Instrument zusammen, weil er im Hirn kurz mal undicht ist, da ist keiner mehr verärgert, beleidigt und ein Star, da sind die wirklich alle Musikkameraden." „Ja sua, des is dä Himmel, dä Musikerhimmel" und am liebstn wör dä Hannla neigstürmt und dä Hl. Petrus mußt na mit alle Gewalt zurückhaltn. Ja, des wor a Musik. Die Trompetn hom gejauchzt, die Klarinettn jubiliert, Posaunenhall und Hörnerschall. Alles zamm a Bündel voll Melodie und Harmonie, es wor beim piano su wie beim forte und als dann as ganze Orcheste zen Final ogsetzt hot, do hot die Hl. Cäcilia sehr zefriedn vo ihrn Sessl runter gelächelt. Und wie dä Hannla nauf zen Herrgott gschaut hot, do wor's ihm als höit a dä in sein goldna Thron sehr wohlwollend genickt.

Doch auf amol is alles su ganz langsam veschwundn, vo weit her is a Stimm zu na gedrunga, des Jauchzen und Jubiliern is in an Rauschn übeganga, dä goldene Thron vom Herrgott wor su verschwumma, es wor auf amol widde as Kruzifix auf'n Nochtkästla, denebe die zwa brennenden Kerzn, as Rauschn, es kam vom Zeyernboch her nei seina Stum und die Stimm, die wor auf amol ganz noh, es wor die Stimm vo seina Anna. „Votte, Votte, as Konzert, es hot fei geklappt, dä Friesne hot ausgholfn, dä Sool, er wor heue fast vuel und etz senn sa do deina Kollegn und wölln dich aufsuch."

Do is an Hannla sei Blick nuch a weng weite ganga. Ja do, senn sa gstandn. De Sepp, dä Richard, dä Schosch, dä Wilhelm, ja halt alla zwölf. „As Konzert, as Konzert, spielt, spielt," konnt dä Hannla nuch flüste. Do hot dä Benni an Taktstock ghuem und die Kollegn mit Träna in die Aang hom den Choral ogstimmt „Näher mein Gott zu Dir!"

Do is nuchamol a Lächeln üben Hannla sein Gsicht gehuscht und so ruhig, so glücklich und su zefriedn is in Zeyern scho lang kans mehr gstorm, wie dä Musiker-Hannla am 6. Januar, dem Dreikönigstoch im Jahr 2020, abends um 23.07 Uhr.

Die Gaaß is gfreckt!

Des Viech is a Gaaß do, wie bei uns jeder weiß
bei die Preußn is des a Zieche, vielleicht nuch a Geiß,
ich bin Haushaltsvorstand und ich, ich haaß Willi
meine Frau heißt Barbara und die Gaaß do haßt Cilly.
Sie is dä Altn ihr Liebling, des mog do dro liech,
denn zwa die väwandt senn, die mögn sich gern riech.

Unsä Cilly is klasse, do hosta öscht nämlich
die frißt Hei und kackt Küchela und sieht de Oma nuch ähnlich,
dann is sa nuch praktisch, socht dä Schoschla, mei Knilch
denn zerrs da on o die Kättela, nochher hosta dei Milch.
Dä Schwanz der is hintn und dann nuch uäm dro
des vähindert, daß des Viech nauf die Deck wisseln ko,
am Bort von die Böttela, die wackeln beim meckern
unnä Cilly is lustig, die ko kannä ärgern,
und is sie amol grantig, ja, dann zeicht sie die Zunga
und amol im Johr, do bringt sa nuch Junga.

Daß die nije vo allaa kumma, is beim Mensch wie beim Vieh
wer sich auskennt der waaß, do muß mä wuhie,
der Mensch tut sich leicht, is er gor nuch väheiet,
dann geht des ümsunst, bei dä Gaaß kümmt's öft teuä.

Mei Barbara is realistisch und auch sehr sparsam
drüm sochtsa amol, den Bock müßt mä hom,
und wie dä Bockhalter vo unserm Dorf is verstorm
hot sa sich weis Gott um den Gaaßbock beworm.
Do sog ich Barbärchen, mei Schnucki, mei Maus
wos soll denn des Stinktier, bei uns etz im Haus?
Du temperamentloser Trottel, entgengt drauf die Alt,
mei Cilly braucht an Mo, wenn's pressiert Knall a Fall
und außerdem Riendviech, su muß ich scho song,
kümmt's bei uns auf an Stinkbock rauf a ro nümmä on.

Die Gaaß is ihr alles, wie wädd die gehegt
die Fußnägl gschnittn und des Fell schö gepflegt
die Zäh wern geputzt, as Eute massiert
die Ohrn täglich gspült und des Loch parfümiert
und all die gutn Bißla, die steckt sä ra zu,
den Bock geht's wie mir, mir guckn bloß zu.

Die Gaaß die däff mecker, däff faul sei und bös,
bei uns gibt's glei Schelln und an Tritt in's Gesäß,
die Gaaß wädd nuch gstriegelt, geputzt und gewaschen
uns läßt sa zuschlamper, bis die Läus uns vänaschen,
die Gaaß hot an Teppich, mir schlofn auf Streu,
sella hot sugor Klopapier, uns bläbt für den Zweck des Heu.

Dä Bock kriecht den Restfraß, den die Cilly nije mog,
ich sitz gar öft in de Stum, allaa vorm leern Trog,
dä Gaaßbock im Stall, sieht Hafergespenster,
mei Kinne und ich fressn an Kitt vo die Fenster,
so wern mir behandelt, der Bock und ich in der Eh
arrogant und von oben, versklavt und verschmäht;
su senn sa die Weibä, so lieblos und dreist
doch wenn sa wolln, soll mä könn und däbei nuch wos leist.

Dä Gaaßbock is schlauer, der hot's na gezeicht
in dä besten Saison, hot der einfoch gstreikt.
Die Schönsten der Geißen senn vorbeidefiliert,
der Bock lag im Stroh und hot sich nije grührt,
des Ding tut kann Ruckä, seina Aang die senn trüb,
ein Glück, daß nije ich wor, wos hätt mir geblüht.
Mei Fra gibt ihn noch Okasa, doch es wor scho zä spät
die Mütter der Geißen, die hom sich beschwert.
Vom Landratsamt drin is a nobler Herr kumma
hat wegen Gefährdung der Geißzucht, den Bock uns genumma,
ein leerer Sack steht nicht, hot der konstatiert,
das Tier kommt in's Tierheim, das wird arretiert.

Die Barbara heult, die Cilly die weint
der Herr der bleibt hart, was sein muß, muß sein,
mei Fra schluchzt laut auf, wischt sich's Gsicht ab mit'n Rock,
wos soll ich denn mach, wenn's Cillyla bockt?
Der Herr der Behörde, seriös und sehr gscheit
sagt, gnädige Frau, bis dato krieng sie Bescheid.

Unsä Cilly is a Ludä, raffiniert und sehr keß
die is nuch viel schlimmä wie a Franzusen-Mätress.
Kaum wor dä Bock aus'n Stoll, wie hot die sich aufgführt,
ka Milch mehr gemolken, gegen Fraß rebelliert
und wie sa nuch allfott naufziecht die Goschn,
ich sog zur Barbara, die ghört gscheit vädroschen.
Ja wie die vor Daabheit mit'n Hintern nuch wackelt,
wenn ra doch wos fehlt, schreit die Alt, du saudummer Lackl.

Acht Tage lang hing unsä Hausfrieden schief
dann hot sa sich hingsetzt und schrieb einen Brief.
Ich les na und sog drauf, bist du denn behämmert?
Schreibt doch die Alt dem Landrat, dem Emmert:
Unser Cillylein bockt, kein Vererber im Haus
soll ich sie reinführn, oder kommen sie raus?
Ein amtliches Schreiben, tat draufhin uns kund
der Bock wär woanders und er wär widde gsund,
und hätt unsre Geiß noch immer Bedarf
dann solln mä sa hinführn in's nächste Dorf.

Die Barbara tobt, hom mir eine Welt,
etz kost mir dä Gaaß ihr Vägnüng widde Geld!
Sie gaafert, die Spitzbum, die Landratskanacken,
ich steh däbei, guck saublöd, kriech drei Schelln auf an Backn;
do pflötsch ich, Barbara, worum host du mich gsaamt,
ich bin doch dei Mo und kaner vom Amt!

Die Gaaß die tut Lacher und tut trümmä Hopsä,
mei Fra wird normal schnell und gibt mich an Pfropfä
dann hebt's sa an Rock hoch, ich denk etzet klappt's,
sie hantiert kurz do untn und öffnet den Straps
dann zerrt sa zwa Mark für, Brüdä, ho ich geguckt,
do hosta as Sprunggeld, führ die Cilly zen Bock.
Ich bin wie benumma, die Gaaß die macht mäh
wos bin ich für a Depp bloß, wie kriechts der Gaaßbock etz schö,
die Alt kneift mich nein Hintern, guts Alterla, guts
passt mä schö auf'n Weg auf, macht euer Sach gut!
Wor des a Bild ich vornweg, mit der Gaaß hint am Strieck
Die Fra weint, winkt mit'n Bettuch, als göngt es nein Krieg.

Und ich wör a Lahmarsch, sogt jeder der mich kennt,
und die Cilly hot Feuer, die hot Temperament,
statt daß ich sa führ, is die vornaweg stets,
wos macht die für Sprüng, wos macht die für Sätz.
Noch zwahunnert Meter kam der öscht Raster,
das Schwänzlein geht hoch, dann sprazelt's am Pflaster;
ja wie do die Küchela scheppern und krachen
mä mant unner Gemarot Kunert tät lachen,
hintn noch nuch a Strahl dann, daß es nicht so staubt
ich steh hintn dro und wisch mir as Maul.

Dann ging's widde weitä im Trab mit Hallo
wenn ich scho beim Bock wör, wos wör ich do froh.
An der Kreuzung kümmt o, a Langhaar mit'n Motorrad,
die Gaaß hebt an Schwanz hoch, des heißt mir hom Vorfahrt
die Cilly ziecht links o, ich zerr rechts zurück
und ganz Straß versperrt unsä Strick;
der Jüngling will tauchen, er hot's nije ganz gschafft
sei Mähna verfängt sich, der hängt am Saal wie a Aff
des Motorrod saust weitä und land o ran Baam
zu guter Letzt kam dann der Schulbus noch an.

Des wor dä Cilly zuviel, die macht einen Satz
uns prellt's wie an Frosch, uns häbt's auf'n Latz
doch nuch schnellä wie ich des do etzä soch
rammel ich auf, meinä Gaaß hintna noch,
Cillyla, Cillyla, su tu ich trümmä Schra,
ich ras übe Gräbn, über Stock, über Staa,
endlich, endlich, do duem on dä Heckn
steht sa des Untier, erwatt mich der Frecker;
ich keuch wie a Reitochs und blos durch die Nüstern
die läppert mit dä Zunga, glotzt gierig und lüstern
ihra Schenkel die zittern, der Schwanz seitwärts stand,
an Pfeufdreck Frau Gaaß, du hast dich verkannt;
die wollts gor nije glaab, beschnubst mich mit ihrn Schnösel
meckert, wirklich ka Bock nije, der Barbara ihr Iesel.

Dann widde des Bild, die Gaaß vorna, hint ich
noch aner halbn Stund kam das Dorf dann in Sicht;
die Gaaß die wädd schneller, die Cilly wädd gschwind
ja verlockende Düfte, mir gehn gegen den Wind;
sie macht schnell an Acka, Prost heija Safari
dann setzt sa zen Spurt o, wie einst Armin Hary;
die Gaaß die springt achtzig, do wädd mir ganz olber
ich stäuber die Baa, dann kumm ich in's Stolpern
schürf mit de Nosn die Stroß auf, wisch rüm um die Eckn
doch ich laß nicht aus, nicht ums vereckn;
mit nacketen Bauch geht's durch die Pfützen die vollen,
am Wegrand steht ein Berliner mit seiner Ollen
der staunt wie a Saufkalb, sei Gsicht wädd fott länger,
kieck Muttichen, kieck doch, eene Jemse mit Hänger!

Mir is nije wie mäs sei soll, in dä Huesn drin stinkt's
und dann kam das Dorf und das Wirtshaus stand links
ich probier eine Hechtrolln, schling mich rüm um an Baam
die Brems funktioniert, die Gaaß die hält an.
An kurzen Moment, do muß ich öscht schalt
lang nei in die Taschn, spür des Geld vo dä Alt

wie ich riech, wie ich ausschau, des wor mir etz wurscht
schrei, Wirt tu a Bier her, ich ho für zwa Mark an Durscht!
Dann versauf ich as Sprunggeld, dä Wirt schräbt auf noch zä Not;
du Gaaßreutlsgsicht, schräbst dein Bock heut non Schlot.
Noch der dreizehnten Moß erheb ich mich schwer
ich bin etz iemvuell, die Cilly bleibt leer;
edle Geißfrau, sog ich im Rausch ungeniert,
des Wolln und Nicht-Kriegn is mir a scho passiert.

Die zwa Mark senn versoffn, acht ho ich nuch Schulden,
Cilly, du mußt mit dä Lieb dich bis morgen gedulden;
dann bind ich sa los, sie folgt mir willig am Strieck
des wird vielleicht an mein Geruch etwas lieng;
mit Gott sei's gedankt und gastwirtlichem Segen
ging es dann heimwärts der Barbara entgegen.

As Geld host verlumpert, in die Huesn host gschissen,
schon nagt sie, die Reue, regt sich das Gewissen;
die Cilly däzu um die Liebe betrong,
wos wädd die Alt mit mir anstelln, wos wädd die nuch song?
Der Angstschweiß bricht aus, mir schlottern die Knie
wenn die Barbara des rauskriecht, do macht sa mich hie;
mir kumma gut haam und wies halt su is,
mei Fra is beim Beichten, ich ho nuch a Frist.

Wie ein Blitz tut mich dann der Gedanke durchzucken
die Gaaß die muß zahm wä, die darf nicht mehr bocken.
In mein Hirn entspann sich der teuflische Plan,
ich such einen Prügel und dann fang ich an:
Öscht ho ich ra gscheit den Hintern vädroschn
dann kriecht sa a Ladung nuch vorn auf die Goschn
dann gib ich ra Pilln, die schmecken des glaab i,
die möng alla Weibä su gern, die senn von Anti Baby –
ich kenn zwor den Mo nije, doch mei Tochte socht immä
wer die laufend frißt, der kröcht kana Kinne. –

Ich steck ihr den Kopf ins eiskalte Wasser
die Cilly zeigt Wirkung, die wädd immer blasser,
die darf den Bock nicht mehr wittern, soll na vergessen
ich hab ra a Päckla Snuff nei die Fressn
sie niest, wie a Nilpferd, schnappt wie a Fisch;
in dä Stum steht für mich a Hofn Gaaßmilch am Tisch,
des lauwarme Gsüff, des fehlt mir grad noch
ich fackel nije lang, schütts dä Gaaß auf'n Loch;
do zuckt sa zamm und schreit auf, fängt o dann zä wimmern,
ich glaab ich ho's gschafft, die bockt so schell nümmä.

Befriedigt leg ich mich dann nei meina Falln,
auf amol do traam ich, es wör Feueralarm;
es heult die Sirena, und das war kein Traum
der Barbara ihr Schrillton kommt aus dem Stallraum –
zu Hilfe, oh helft doch, die Cilly, die Cilly,
wu steckt ihr denn alla, wu bläbst da denn Willi?
Ich denk wirklich es brennt, ich saudummä Blödel,
schlupf nein Feuerwehrfrack, stülp den Helm auf'n Schedel,
auf dä Stieng steht mei Tochtä, schreit laut auf voll Wonne,
der Papa is sexi, der kommt unten ohne.

Die Oma kümmt a grast, a die denkt es brennt,
im Busn ihr Geldkatz, ihr Gebiß in dä Händ;
mir reißn an Stoll auf, vo Feuer ka Spur
mei Fra kniet im Gaaßstand streckt die Hände empor;
dänebä die Cilly, ihra Aang worn gebrochen,
es hot nuch a bißla noch Gaaßmilch gerochen,
die tut keinen Schnaufer, blau worn die Lippen
das Schwänzlein, das gute, ko nümmä wippen
die Füß hot sa alla vier vo sich gstreckt
kein Zweifel vorhanden, die Gaaß die wor gfreckt.

Am nächsten Toch aber, kam dann der Knüller
mei Fra holt doch prompt den Kreistierarzt Müller.
Der betracht sa die Gaaß in ihrm ewigen Schlof
langt do hie, langt dort no und schüttelt den Kopf.
Die Barbara schluchzt, verschwolln wor ihr Gsicht,
do is der Bock bloß dro schuld, der hot sa hiegricht!
Der Kreistierarzt Müller, ein Experte vom Fach
sagt liebwerte Frau, aber nicht doch,
sie würd ja noch leben, wenn es so stände
doch sie hat nie einen Bock gsehn, darum ist sie verendet.

Daß der Dokter nije mehr socht, das fand ich human;
die Barbara schnellzt rüm und faucht mich dann an:
Du host die Cilly nije gführt und die tat's doch so gern
du versagtest ihr die Lübe und darum mußt sa sterm,
du worst mit ihr nije beim Bock, wos host du getriem,
dann kam der öscht Akt, do hot sa mich ghiem.

Öscht packt sa den Hocker, schmeißt ihn mir nei's Kreuz
und dann mit'n Stollbesen, do hot sa mich gschneuzt;
die Mistgabel mit ihren rostbraunen Zinken
hinterläßt ihre Spurn, in mein Rechten und Linken;
dann wädds langsam ernst, des anner wor Spaß
sie taucht mich ins volle Mistlachenfaß,
dann kümmt sa mit'n Beil und spalt mir die Ohrn
nuch an kräftigen Kinnhokn und ich wor stehend k.o.
Mei Tochter, die Oma, die spenden Applaus
mei Bu wirft das Handtuch, zählt acht – neun – zehn – aus!
Papa worst du schlecht heut, die Mama wor prima,
die verläßt dann mit Stolz in der Brust die Arena.

Dann kam der zweit Akt, der wor a nije schö,
durch's offene Fenster, fliegt mei ganz Hoppla-die-hö
meina Schuh, meina Huesn, meina Hemmä, mei Hüt
a Tassn, a Teller, des kümmt a nuch mit,
dann nuch unnä Brautbild mit an Kreuzdunnäwetter,
auf der Rückseitn hintn steht in faustgroßa Lettern: –
Mit dich sprech ich nümmer, darum düser Wisch
wir leben getrennt jetzt von Bett und von Tisch,
schlaf auf den Dachboden, da ist ein Matrazen
hofentlich fräsen dich bald die Ratzen;
du hast sie nicht gführt, hast sie am Gewisen
zwechen dir hats Cillylein sterben müsen! –

Ich such meina siem Zwetschgä, des wor jo nije viel
das Urteil war gfällt, ich muß ins Exil;
jeden Toch, wenn ich nauf mein Dachboden geh
tu ich an Schnaufer, vor dä Schlofzimmertür,
der erste, der zweite, der dritte Toch kummt
die Fra rührt sich nije, die Alt die bleibt stumm;
am vierten geh ich vorbei und muß grins,
durchs Schlüsselloch hotsa, ich säh's, durchgelinst
und dann am nächsten, am fünften Tag
geht die Tür an Spalt auf, do riskiert sie a Aach;
am sechsten, am siebten, am achten so weiter
wädds alla Tochg mehra, der Spalt der wädd breiter;

Am zehnten Toch endlich, das vergeß ich wohl nie
do steht sa unter der Schlofzimmertür.
Ich duck mich vorbei, ein Ruf laut erschallt,
die Stimm kenn ich gut und die Stimm die schreit: Halt!
Ich schickel zärück und siech wos ich säh,
do steht sa mei Barbara in an rosa Neglischee;
die Frisur die statzt hoch, die Finger die spreizen
dann guckt sa mich o, mit all ihren Reizen
und wie sa nuch stinkt vor lautä Parfüm
do hot sa sich widde a ganza Flaschn draufghiem;
die Aang werfen Blitze, as Gsicht is verheult,
an die schwarzen Füß unten, do glänzen die Beuln
die Brust vorn die senkt sich die zittert und bebt
do sog ich mir Willi, jetzt kost wos derleb.
Scho spitztsa die Goschn, dann zischt sa: Mistvieh!
Stell mich stur wie a Panzer, tu als hör ich nije hie,
mei Kreislauf scho prickelt, im Herzla drin bumberts
dann stöhnt sa die Alt, du Dunnekeilslumpes
du Säupelz, du Kröt, du elendigs Gschmaß
schau daß da widde reikümmst, sunst geht's mich a wie de Gaaß!

Die Hasenjagd in Oberlauringen

Die Jagdhornbläser von der Thiemitz
mit Gästen, Treibern und an Kiebitz,
dä Kiebitz wor sua dickä Mo
ich glaab vo Geroldsgrü' sugor
der konnt nije glaab so ungefähr,
daß die Hosn schnellä senn wie er,
die fuhren einstens in die Fern
zur Hasentreibjagd zum Herrn Stern.
Mir hom halt do im Frankenwald
wenig Hosn, wenn's a öft viel knallt
drum soll mä Gott für alles danken
sugor für an Hos in Unterfranken.

Als wie a Expedition nach Rußland
so hot des ausgschaut in dem Busla
mein Gott, hätt ihr die Mannschaft gsäh
schwerbewaffnet bis o die Zäh,
Gewehre, Flintn, Stiefel, Jagdstöck,
Patronagürtl wie die Landsknecht
eigebaut in Anoraks
ausgerüst mit Hünd und Kameras,
mit Klarinettla, Ziechharmona
sugor mit ane Lachkanona.
In die Taschn eigepackt
an halbn Zentner Schnupftabak,
Bier, Wöscht und Schnaps, alles beisamm
als kömet me drei Johr nije haam.

Mit Hörnerklang, wie halt Jäger reisen
däbei worn a su zwa, drei Preußn,
ein Frankenwälder fürchtet nicht
a Schnauzn und a an Berliner Licht,
su zwanzig Männla wor der Haufn
am Tag zu jagen, nachts zu saufen,
ja, ich will heut Gschichtla bringen
von der Hasenjagd in Oberlauringen.
Doch erst hebt's Glas, stimmt mit mir ein
ein Horrido – ein Waidmannsheil!

Und dann am Ziel, öscht wädd ausgstieg,
poor übn für'n Omd, probiern as krieg,
Wetter naßkalt, man merkt's beim schnuppern
drum wädd öscht amol a Schnäpsla gschluppert.
Dann gibt's Shak-Händs, man lüpft sein Hut,
man kennt sich ja vom Vorjohr gut.
Dann, Treiber links und Jäger rechts,
die Bläser in die Mitte, ächzt
der Julius, er war auch da,
holt aus sein Muff die Kamera,
ihr Freunde rückt doch etwas enger
ein schmaler Film ist halt nicht länger,
er geht in Position, knipst fleißig
mit seiner Leica anno dreißig.

Dann rückt mä widde ausanand,
der Jagdherr, der betritt sein Stand,
begrüßt und spricht, daß er sich freut
bei wenig Hasen soviel Leut,
daß Schuß auf Huhn und Has sei frei
wenn möglich treffen, nicht vorbei,

daß auch Sauen seien im Revier,
dabei auch eine Dame hier,
deshalb beim Pinkeln Vorsicht walten
nicht gleich in jede Gegend halten,
do läßt der Dick an Schieß, daß kracht
somit's Signal Aufbruch zur Jagd.
Aus sechzig Kehlen folgt ein Schrei
ein Horrido – ein Waidmannsheil!

Sua Treibjagd die beginnt vo vorn,
erst stößt ein Jäger in sein Horn,
das setzt die Treiberwehr in Trab
mit brr brr brr und tscha tscha tscha.
Auß'n rum do stehn die Schützn
drinna solln die Hosn sitzn.
Su a Hos is nie langweilig,
dä a kümmt schnell, de andä eilig,
die meistn kumma im Zick-Zack
schießt mä auf zick, senn die auf zack.

Drin im Wold, jetzt kommt die Tücke
su a Vieh bleibt nie stehn in der Lücke:
dä Hos, dä Baam, dä Baam, dä Hos
beim Lothar geht die Flintn los.
Äste spreiseln, Späne flieng
das Häslein munter weiterzieht
und Lothar der bekennt voll Stolz,
mach bloß nä schnell mei Winterholz.

Ja, die Treibjagdluft, die ist bleihaltig
beim Kesseltrieb merkt man's gewaltig,
der Julius, der alte Knacker,
zwa Meter vor ihm auf an Acker
springt a Häsin auf mit einem Satz
jetzt nix wie ab, sonst bist verratzt,

er visitiert schon auf die Fürze,
denn bei dieser Kürze wirkt die Würze
doch manchesmol do hat's as Freckn
die Häsin wischt nei aner Heckn.

Als alter Artellerist perfekt
möchte er das Häslein indirekt,
a Händbrat könnt's etz weiter sei
drum Augen zu und Feuer frei
und wer die Welt kennt, weiß Bescheid
außer Hasen gibt's noch Leut.
Wenn um die Ohrn die Schrötlein klingen
hört man die Englein Luja singen
und wenn sa dann om Orsch nuch brenna
konn mä sugor des Jodeln lerna.

So motiviert schreit wer vo drunt,
wer wor denn etzt der saublöd Hund!
So wohl ist unserm Julius nicht ganz
er ziecht na ei, ganz kurz den Schwanz.
Doch dann, wer jagen will, verträgt auch Blei
ein Horrido – ein Waidmannsheil!

Der Jäger zielt und Gott mag lenken
so wird oft mancher Hase denken,
wenn er schnell, schlau und besonnen
dem Trommelfeuer ist entronnen.
Ein Treiberschrei, Hase nach hinten
der kommt dem Muschik vor die Flintn
bautsch, bautsch vorbei, der Muschik denkt
zwa Schüß genüng, laaf hi zän Schenk,
as Schenkla, nuni warm geloffn
hot a zwamol vorbei getroffn,
dem Gräf Sepp hot der Hos gereut
der hot dann a nem no gebleut.

Dann lenkt der Hos die Schritte hin
zu einem Jäger aus Berlin,
der spricht für sich – es werde Licht
doch er trifft auch den Hasen nicht.
Eher loß ich mir den Orsch aufreißn
als wie den Tod durch einen Preußn,
sagt nachts der Has zu seiner Fra,
und dann noch dies, des ko mä glaab
außer mir, bloß nä König nu
krieg anazwanzig Schuß Salut.

Mä ko nije jedn Hos as Lebn nehma
doch mancher blieb in der Arena,
die sich verdüstert, scheints in Trauer
es kamen Wolken, kamen Schauer
die Jäger naß, die Treiber müd
Hund, Katz und Maus den Schwanz eizieht.
Ja, krumbalohm und halb durchfroren
so war der Einzug der Gladiatoren,
auf an Viehwong, an Gestängen
fünfzig tote Hasen hängen,
die wurden dann als Streck gelegt
der Jagdherr dankt und er gesteht
bei soviel Schützen, wenig Hasen
laßt unter Tränen uns die Streck verblasen.
Has tot, Halali, Jagd vorbei
ein Horrido – ein Waidmannsheil!

Das Schönst' was nach der Treibjagd gibt
ist hinterher der Schüsseltrieb,
mä hockt sich auf sein Orsch dem Frommen
und harrt der Dinge die da kommen
eh' Speisen und Getrank serviert
wird erst die Jagd analysiert.
Man schaut empor mit Kummerfalten
ob am End die Deck' wird halten,
daß bei dia Sprüch und dia Lüng
sich a nije die Balkn bieng.

Dä Schauer, klar, kann laafn lossn
dä Licht, dä hot drei halba gschoßn,
dä Sepp, ohne rot zu wern erzählt
hot auf hundert Schritt den Hos nije gfehlt,
den Richard, den wör aner kumma
der hot sich selber des Lem genumma
worauf der Julius garantiert
sein Has hätt sich selbst apportiert
als er, schon hingestreckt am Hang
ihm tot noch vor die Füße sprang,
do hot as Schenkla laut gegrinst
ihr denkt o die Hosn bloß, wos sünst
wenn bei mir die Büchsn knallt
denk ich immä o die Alt.

Dä Rudi treibt Philosophie
wo die Kugel sitzt, müßt dä Hos halt hie,
plötzlich haut er mit die Ärmel
etz hot er na, den Hungädörbel
er, sichtlich mit Grimassn kämpft
und wädd keesweiß, vor Hungerkrämpf,
als Schnaps die Mägen aufgetaut
gab's Haxn, Kren und Sauerkraut.
Viel hom mit Hilf vo Underberg
su drei Portiona nuntägwörcht
und drauf des Bier, es war unerreicht,
ich hab fünf gesoffen, zehn geseicht.

Theo, des Jagdherrn Kompagnon
hat zehn gesoffen, fünf vätrong
er wackelt auf den alten Läufen
möcht noch ein junges Schmalreh greufen
das sich kichernd dann entwinselt
es legt kann Wert auf alta Pinsel.

Von uns Frankenwäldern dargeboten
kam der Wettstreit dann nach Noten,
der Adolf, der quält sei Ziechkatzn
die Beleuchtung liefert frei die Glatzn
a den Armin seina leucht
wenn er nei's Klarinettla keucht,
senn die zwa dann halbwegs hie
kummt's Duo dann vo Geroldsgrü.
Dä Ottmar der spielt auf gekonnt
er braucht halt immä an klan Brond
und dä Dick, nicht ruht, noch rast er
erzählt laufend vom Dachdeckermaster,
a dä Richard ko sich zeich
vergewaltigt Ohrn und Teufelsgeich,
vom Jäger und vom grünen Wald
hom mir gsunga, hom mir glallt,
Des war der Treibjagd zweiter Teil
ein Horrido – ein Weidmannsheil!

Dann folgt nach alter Tradition
des Jagdkönigs Proklamation.
Hier geht's nicht nach Schönheit und Konturen
nur wer erlegt hat Kreaturen
und dann angibt, er hat die Meisten
kann sich diesen Sponsor leisten,
jemand muß sei, des is doch wurschtig
auch Gottes Tun ist unerforschlich.
So wurd der Julius proklamiert
und mit Orden frisch garniert
der Jagdherr überreicht as Kränzla
drin eigerahmt as Hosnschwänzla
und extra nuch an Wildsaupürzel,
des is vom Keiler hint dä Schnörpfl.
Und jeder Mensch im Raum kann sehn
das Schwänzla, Pürzel ihm auch stehn,

was lang nicht war, einmal es gibt sich
und Julius, schon über siebzig
so wär mä nuchamol zwanzig gern
mit feuchta Aang glaubt's auch Herr Stern.

Gar Mancher Unbehagen spürt,
wenn sich das Jagdgericht integriert
die großen und die kleinen Sünden
hier die gerechte Strafe finden,
wer vor und nach dem Treiben schoß
des geht grad noch, des kost fünf Moß,
wer Hut, Gewehr im Wirtshaus ließ
als man draus die Streck verblies
gibt schon ein strengeres Verfahren
das kostet eine Runde Klaren,
doch wer im Trieb sein Darm auswind,
daß die ganz Flur nach Wildsäu stinkt
das kost a Flaschn laut Ankläger
wegen Irreführung all der Jäger.

Und Staatsanwalt Richard vom Hammer,
Gerechtigkeit auf seinem Banner,
der hat Jene auf dem Kicker
die Heckenschützen, Treiberflicker,
dieses Tun ist doch die Höh,
so ruft er in seim Plädoyer,
ich tät die schicken, könnt ich ahnden
nach Afrika sie als Partisanen.

Doch da noch mehr von Interessen
sind Sünden, Sitzung bald vergessen
nach reichlich Bier und Schnapskonsum
schnellt hoch der Puls, Jagdfieber kummt,
mei Schenkla mant, wos ich etz möcht
etz wör a klana Drückjogd recht

die schwarz Bedienung, wör nije schlampert,
dann steht er auf ganz unbelampert
mit an Kognac und nach Ottmars Weisen
möcht er gern den Frischling kreisen.

Doch wenn mä unbelampert kümmt
do kriecht des Wild rechtzeitig Wind
es zieht dann ab, es riecht den Braten
umsonst ist das Gewehr geladen,
drum – soll spät am Omd die Flint nuch krachen
ist am sichersten die eigne Bachn
do is Tog a Nocht der Abschuß frei
ein Horrido – ein Weidmannsheil!

Ob Schönes oder Lumperei
alles geht amol vorbei
alles hot amol a End
trotz, schod däfür und Sakrament
und was Schönes war vor allen Dingen
die Hasenjagd in Oberlauringen.
Es tut jeder sich beim Herrn Stern bedanken
dä A aufrecht, dä Annä schwankend
als dies vorbei ist, könnt mä haam
ja wenn sa alla wörn beisamm.

Die Schwägerei hört auf zä spieln
die gehen gern haam, hot mä as Gfühl,
dann hosta scho die zwa schön Preußn
senn vo an Weib nije loszäeisn.
Ich brauch zwa Bier nuch, spricht dä Schauer
des ko a halba Stund nuch dauern.

Dann hob ich Lothar, Klaus däblickt
dä A dä knappt, dä Andä nickt,
dä Rudi is auf Essens-Such
der kriecht ja nirgends nie genuch
packt ei wos nei dä Taschn geht,
daß er die Haamfohrt übersteht
den Gräf Sepp bringst net in die Höh
mei Hündla mant er, schläft su schö.

Walheinke, der spielt mit Genuß
der find und find und find kann Schluß
nebn dro, dä Dick, nuch Durscht, su paßtä
erzählt vo sein Dochdeckermaster,
dä Schenk will bruns, die Tür nije find
mein Gott su schreitä, ich bin blind
kämm deina Boschtn aus die Aang
dann kosta widde säh beim saang.

Julius der Dekorierte
schielt nach der Dame mit Begierde
vergebens er mit Fiepton lockt
die Gaaß steht bei an junga Bock
und Staatsanwalt Richard vom Hammer
hat den großen Katzenjammer.
Mä siecht na's o, ihm is nije gut
a Stund lang suchtä noch sein Hut
do sog ich Richard hör mol drauf,
wenn des a Hut is, host na auf.

Ihm is nije gut, mä siecht na's o
göngt gern zen Bus, doch muß er fro
ja allzuviel is ungesund
etz waß er nije, kümmt's ob'n, kümmt's unt
mit Seemannsgang, su schö braatbanig
marschiert zum Klo der Richard Hannig
und Ottmar spielt dazu die Weisen,
es geht eine Träne auf sch ..., auf Reisen.

Weil mä ewig nicht ko bleibn
kommt's schließlich dann zum letzten Treibn
und als a Treiber in das Horn gestoßen
senn die Jäger wie die Hosn.
Ihr lieben Leut, is des a Quol,
treibt amol zwanzig Jäger aus an Sool,
wie fest die hocken, kaum zä fassn,
wie angepicht in ihren Saasn.
Dä Ane glotzt, dä Andä sauft
öscht wennsta draufsappst, stehn sa auf
und wennsta denkst, host na beim Krong,
dann schlägt sua Dingets nuch an Hokn
und jauchzt aus voller Brust so geil
ein Horrido – ein Weidmannsheil!

Von der Heimfahrt ich berichten muß
viel geduldige Schof gehn nei an Bus,
war's noch früh, ich sagt es schon
a klana Expedition
so kann man nachts nur dazu sagen
die Jagd hat sie zermürbt, zerschlagen
wer da müde, knall und voll
liegt wie a Igel zammgerollt
und unnra Preußn, die senn wirr
die plaudern russisch, waafn irr.

Walheinke, der spielt statt auf Tasten
mit an vollen Vollbierkasten
und dä Dick, mei hot der Nerven
vätalt die letzten Schnapsreserven
mei Richard, der liegt in der Mangel
läßt alle seina Flügel gangeln
ihm is nije gut, mä siecht na's o
verkrampft, zäzaust dä gute Mo,

dann kümmt a Schüttler
dann a Rüttler
dann a Stülpser
dann a Rülpser
dann, noch an Schnaufä is suweit
do hot er sich nei's Hörnla gspeit,
mei Gute sog ich, mach dä nix draus
beim nächsten Bloser fliegt des raus.

So segeln wir mit heißer Fracht
akoholgeschwängert durch die Nacht,
dä Fohrä riskiert bald Hals und Kopf
dann dreht er o sein Radioknopf
Achtung – schwerer Akolholtransport
bewegt sich in Richtung Kronach fort
Vorsicht und die Straßen frei
so kommt es durch auf Bayern Drei.

Mir senn dähamm, die Jagd zu End
und schütteln uns nochmal die Händ
die Geroldsgrüner, Wallenfelser,
a die Berliner Zungaschnelzer,
die aus Zeyern, Rodich und Stawiesn
alla Bläser vo dä Thiemitz
wolln wir noch einmal das Loblied singen
von der Hasenjagd in Oberlauringen
und laßt uns weiter Freunde sein
ein Horrido – ein Weidmannsheil!

Die Eingemeindung

Personen: Egid, Bürgermeister
Sepha, seine Frau
Kleber, Gemeindeschreiber
Max, Bürgermeisterssohn

Bühnenbild *Einfaches Amtszimmer mit Schreibtisch, Stühle u.s.w.*

(Egid und Kleber sitzen traurig und gramgebeugt am Tisch, abwechselnd eine Flasche trinkend.)

Egid: *(Wedelt mit einem Brief)* Dou Klebe, etz homme dou schriftlich den Selout, etz is unne Eingemeindung amtlich. Etz homme die Bescherung.

Kleber: *(Ein sonderbarer Kauz, der die Gewohnheit hat, in Zitaten und ein eigenes Hochdeutsch zu sprechen)*
Führwahr, eine schene Beschörung, derweil es noch nicht weihnachtet, wo der Herr sprücht: „Lasset die Kündlein zu mich kommen.‟

Egid: Alta Latschkappn mit dein gedrechseltn blödsinnichn Gewaaf, nije die Kündlein du Aff, mir kumma, na, mir müßn ze die Ruetn. Mir, die seit ewich standhaftn Schwarzn wän eingemeindet, Gebietsreform haßt des in dem Wisch doa aus Münchna. Ich hou scho imme gsocht, die größtn Ölbes'n höckn dou druntn.

Kleber: Oh Hörr, verzeih Ühnen, denn sie wüssen nicht was sie tun.

Sepha: *(Kommt mit zerbrochenem Spiegel herein. Ganz barsch:)* Betracht, Alte, wos ich dou gfunna hou. Wie kummt des Ding des zebrochene auf unnen Schlofzimmebueden. Wos host etz dou widde füe a Ausred?

Egid: *(Betrachtet sich im Spiegel von allen Seiten. Nach einer Weile:)* Noja, des Bild höt ich a weggewoffn. Khi, gijeh widde weite, mir hom etz annera Sorng.

Kleber: *(Hebt den Spiegel auf. Sich betrachtend:)* Der Schmörz verzöhret das Gesücht und der Grimm öngt das Herz.

Sepha: Socht amol, seid ihr besuffn odde spinte?

Kleber: Frau Bürgermeister, nücht mehr so erhöblich, es hat sich bald ausgemeistert.

Sepha: Du alta Sielnlääwaafn, du Wörtlespansche, plaude deutsch.

Egid: Er will souch, Alta, mir zwa, ich und du, mir worn die lengste Zeit Burchemaste.

Sepha: Du wäsd mich doch nije sterm wölln und mich mitnehm?

Egid: Nuch schlimme, – mir kumma ze die Ruetn.

Kleber: Ja, die hochlöbliche Staatsregürung hat angeordnet, wir werden in die benachbarte rote Gemeinde eingemeindet.

Egid: Stell dich vo Alta, mir wän ve die Ruetn gschluckt, ich und die Gemarät wän aufgelöst, dä Klebe veschwind vo de Bildflächn, unnera schön Gemahölze nehma sa uns ou, und, und ...

Kleber: Wir erwarten dann ein großes Döfizüt.

Egid: An Scheißdreeck, draufleng wän me.

Sepha: (*Wird immer erschrockener*) Mein Gott!

Kleber: Unser ganzes Kulturgut würd vergewoltigt wörden.

Egid: Jawuehl! Unnera ganzn schön Feiertoch wän vebuetn, weil die Ruetn o nix glaam. Die kenna kann Sebastian, kann Lehnhad, kann Alleheiling.

Sepha: (*Immer wieder*) Mein Gott!

Egid: Und dei Fronleichnam iss a nümme, dou kosta dich gleich drauf eirecht. Dei Kirngfahna kosta verbrenn odde ruet färm.

Kleber: Die schöne Fronleichnamsromantik ist adieu. Was war das ümmer für ein Erlöbnis, wenn die Böllerschisse vom Felsen krachten und sich dann in der Kürche niederlüßen.

Sepha: Mein lieber guter Gott!

Egid: Jawuehl. Und mit'n Onstond geht's a nümme su genau, dou hot dei Maxla, dei Früchtla, dei vezuengne Banke, dei bankrotte Student, endlich sein freiheitlichen Laaf.

Sepha: Mein Gott, mein Gott!

Kleber: Auch die he, hm, die ehelichen Morale wörden durch eine großzüchiche Auslegung erschüttert wörden.

Egid: Jawuehl, dou däff me dann ungstroft nemnaus gijeh.

Sepha: Mein Gott! Wos? Wos is dou? Des müßest dich amol untestenn. Ich töt dich zerupfn wie an ougschlochtn Göge.

Kleber: Darum, wöhret den Anfängen.

Sepha: Wißt ihr wos? Dou müßt me etz scho wos geche dia sündichn Ruetn untenehm.

Kleber: Eine Revolution! Ein Sturm auf die Bastille. Egalité, Liberté, Humanité! Das war schon immer mein Traum!

Egid: Wos nützn uns deina Tee? Dou ghöht revolutioniert, demonstriert ghöht dou.

Sepha: Demonstriern! Alte, endlich wäsda a Kell. Und mei Maxla, mei Bübla, endlich däff dä a amol hamma demonstriern. (*Schreit zur Tür raus*) Maxla, Maxla ...

Max: (*Schreit zurück*) Wos iss denn? Hot me denn in den stinketlangweilinga konservativen Neest ka Stund a Ruh?

91

Sepha: Maxla, kumm rei, mir demonstriern. Sugor dei Vorre und dä Klebe genna mit.

Max: (*Immer noch von draußen*) Demonstriern? Hui, jassa, ich kumm gleich.

Sepha: Auf geht's, Alte, auf geht's, Klebe, mir demonstriern Revolution! Auf geht's geche dia Ruetn.

Max: (*Kommt, wenn möglich mit langen Haaren, in etwa als Punker bekleidet, vermummt, mit Schlagstock und Pflasterstein und schreit:*) Randale, Randale ... haut die Bulln, schlachtet die Schweine, Randale ... (*Geht gegenüber wieder ab.*)

Egid, Sepha, Kleber: (*Sind im ersten Moment wie erstarrt*)

Sepha: Wos wor denn des füe a Gspenst?

Kleber: Das waren die Geister, die wir rüfen.

Egid: Und wos hot dä gschreit? Unnera Bulln und Säu ghöhn gschlocht?

Kleber: Eine eindeutige Demonstration gegen uns Schwarzen!

Egid: Alta! Demonstrier du mit dein ungerotna Säubanke weite. Klebe, dou genn mir liebe nuch ze die Ruetn, des is as klennere Übel.

Vorhang!

Die moderne Familie

(1967)

Mich und mei Familie, gibt's nümmer weit und breit
denn mir senn modern, mir gehen mit der Zeit
wos hom mir für'n Haushalt, ganz ohne Debakel
bei uns gibt's ka Ruh mehr, nur noch Krach und Spektakel.

Mei Kinner senn Beatls, hom alla Toch a Partie
mei Fra trägt nur Mini, fünf Zoll übern Knie
der Opa geht aus, nur mit Frack und Melone
die Oma is siebzig, trägt oben bloß ohne.

Im Flur steht a Drahtgstell, ich glaub vom Picasso
im Kinderzimmer hängen Colt, Messer und Lasso
in der Küchn, der Teppich is gstohln aber echt
mir senn kultiviert, lesn Grass nur und Brecht.

Mir badn alla Samstag und putzen die Zähne
Kopfweh hom mir nümmer, nur noch Migräne
mir waschn mit Dash und trinkn bloß Tschibo
mir dreschen kann Schofkopf, sondern spielen Domino.

Und abends soupiern wir beim Kerzenschimmer
mir essn bloß Gflügel, a Schweiners gibt's nümmer
Sonntags gibt's Tortn, werketogs Reh
mir schimpfn auf die Großn und wähln NPD.

Unser Gschirr is aus Plastik, die Bestecke gedrechselt
mir kaafn auf Ratn und as Auto auf Wechsel
die Gschäftsleut müssn wartn, as Finanzamt sich duldn
mir fahrn auf Mallorca und hom nix wie Schuldn
mir lesn die Bild, die Quieck und den Stern
a Gebetbuch brauchn mir nümmer, denn mir senn modern.

Mir hom a an Fernseh, der läuft Tog a Nacht
do wird die Kultur frei in's Haus uns gebracht
seit unser Opa sich immer Panorama onguckt
do schwindelt der Kerl und lügt wie gedruckt.

Singt der Rex Gildo und die Beats machen Faxn
dann wackelt as Haus und do zittern die Haxn
do heult unser Tochter und krächzt unser Bu
die wälzn sich am Bodn und hopsn däzu.

Mei Fra tanzt mit'n Hund, das nennt man Extase
kümmt Sport dann noch, kümmt die Oma in Rage
he Milde, su schreit sa, he hab na den Clay
putz na die Fressn und polier na die Zäh.

Beim Fußball dann is der Schiri a Flaschn
hot die Emma an Hammer und der Radi a Maschn
is der Franzl a Held und der Held ghört zerrissn
man hört alla Ausdrück, vo gut bis beschissn

Dann bellt nuch der Lassie, drehn die Fern eine Runde
dann gibt's nuch vier Tota, es is Kinderstunde
der Kuli der klopft seina Sprüch dann als nächster
dann folgt noch a Hitchcock und dann der Cliff Dexter.

Do brüllt der Weiß Riese, dann kümmt widde a Reißer
do sitzt der B.H. und Omo wäscht weißer
gibt's Möbel vom Heß, schmeckt die Stuyvesant
dann kummt Politik aus fünfzehnter Hand.

Der Opa möcht zuseh, mei Klana die flucht
schalt üm auf'n erschtn, do kümmt „Auf der Flucht"
des Biest is öscht drei Johr, schreit Papa pass auf
etz ziecht er den Browning und dann killt er die Sau.

94

Mensch is der Klasse, der Dokter, der Kimble
weil ich's nije begreif ko, drum bin ich a Simpl
ich sog nuch no Madla, sog, is des denn su schö?
Do socht doch dä Reudl, khi Alter, khi geh,
leg dich neis Bett und loß dich nije störn
mir betrachtn nuch an Sexfilm, denn mir senn modern!

Mir senn modern, laut laß ich's erschalln
mir feiern die Feste grad so wie sa falln
gibt's am erschtn die Rentn, as Gehalt dann am achten
zünd mä an Baam an, mir feiern Weihnachten.

Hom mir am dreißigsten nuch an Zehnmarkschein
feiern mir Ostern, do fahrn mir vier Tag am Rhein
is der Geldbeutel leer, das stört uns nicht im geringsten
unsern Geist wird scho was einfalln, des nenna mir Pfingsten.

Neulich hot unser Oma im Konsum gekauft
und das tat sie englisch und das war nicht erlaubt
vier Wochen lang hot sa im „Salzbau" gepennt
die Zeit wo mit gewart hom, wor unser Advent.

Wenn der Opa streikt, die Oma Kampflieder schreit
is a Kundgebung im Garten, dann is 1. Mai
schellt die Alt mich, des is a Gemeinheit
und die Kinner sich raufn, hom mä den Tag der Einheit.

Fällt der Strom amol aus, brenna Kerzn gleich schon
dann marschiern mä im Haus rüm, do is Prozession
wird bengalisch beleucht mol, dann waß ich genuch
werdn die Kinner intim heut und die Fra kriecht Besuch.

Und ich krieg fünf Märker und sauf mä an Rausch
denn mei Fra schläft im Bett drom, ich im Keller am Couch
doch bevor mir uns wegä ihrn Hausfreund uns streitn
gehen mä zän Gericht und lassn uns scheidn.

Und haut seller ab dann, des is a grad nije bitter
dann ruft sa mich on, no dann heiern mir widde
nörgeln die Nachbarn, des kann uns doch nije störn
denn mir senn für'n Fortschritt, mir senn modern.

Weil alles modern ist, krieg ich a mein Rammler
meid Boder und Safn, bald bin ich a Gammler
mit Dreck und mit Säumist hob ich mich präpariert
auf'n Pulli nuch an Schal drauf, daß die Läus a nije friert.

In die Goschn an Stengel, a trumm Gitarrn um Hals
su bin ich, August wor's, noch Kronich gewalzt.
An der erst Eckn scho, hot a Gendarm mich gewunkn
doch der fiel gleich in Ohnmacht, a su hob ich gstunkn.

Vor'n Bahnhof, auf aner Treppn, hob ich mich dann ghöckt
wie die Rolling Stones gjodelt, die Zunga geblöckt
dann leg ich auf's Kreuz mich und blinzl ganz faul
do stößt etwas sanft mich und a Strahl spritzt in's Maul.

Hui, bin ich erschrockn, ja was war denn da
vor mir steht a Hund und der stand auf drei Baa
ich konnt nur noch prustn, grohna und ächzn
hot mich doch der Köter, mit wos was ich verwechselt.

Ich knack nuch mei Läus, zermalm sa mit die Zäh
do siech ich – auf Distanz – an grüna Frack vor mir steh
der schaut mich o, ich guck wieder hin
ich schau nuch viel blöder, wie ich wirklich scho bin.

Do nimmt der sei Pfeufla und macht a poor Triller
scho wor ich in an Käfig und glotz durch die Gitter
und auf an Plakat stand, des senn kanna Spiranzn
auf'n Kronicher Freischießn, hom's an neua Schimpansn.

Mei Fra konn a lesn und die kennt alla Viecher
und gibt's Sensationa, ja dann hot die an Riecher
drüm schreit sa am Festplatz, was soll des Geleier
den Dingets do kenn ich, der Aff is vo Zeyern.

Laßt na doch raus, ihr Blödn, ihr Hammel
der Aff is mei Alter, der hot bloß gegammelt
amol und nümmer, des kann ich beschwörn
wor ich a Aff, ich werd nümmer modern.

Ich les nuch mei Zeitung, ganz unverdrossn
Raubmord in München – Taxi erschossen
das bayerische Schulgsetz is reformbedürftig
da ein Bankraub, a Einbruch, des nimmt kaner mehr wichtig.

Freispruch in Bayreuth für ein Ungeheuer
Tumult im Kreistag – Erhöhung der Steuern
Krise beim Bau – man arbeitet kurz
Erhard ist sauer, wann kommt der Sturz?

Lübke trägt Geld fort – Gemeinden verschuldet
Familie sucht noch Wohnung – Gammler geduldet
Staatsanwalt Kreuzer rehabilitiert
der darf am Gericht wieder Strafn diktiern.

Korruption – Bestechungsaffären
Fremdarbeiter sticht mit Messer – F.D.P. muß sich wehren
Automobilwerk kündigt an Massenentlassung
Protestkundgebung gegen Notstandsverfassung.

Starfighter abgestürzt – die Moral die sinkt ständig
Kirchen sind leer – fünfzigtausend bei 60
Skandal im Landtag, Hotels verschleudert
die Gewerkschaft droht – die Landwirtschaft meutert.

Die Polizei hebt ein Sittennest aus
a Bild nuch, do guckt der Goppel, der Strauß
und drunter steht, Leut, ich kanns gor nümmer hörn
Wählt CSU – Bayern modern.

Der Weltmeisterschafts-Fan!

(1974)

Ich wor und bin heut noch ein Weltmeisterschaftsfan
mein Schlachtruf kennt jeder: Deutschland, Deutschland!

Ja, mir hom geprobt, nije nä ich nä allaa
dä Opa, die Oma, die Kinne, mei Fra
mir worn ausgrüst mit Fahna, Schalmein und Trompetn
mit Schlagstöck und Messä, Pfeifn, Raketn
do hot's manchmol gscheppert, gezischt und gekracht
mir hom unnä Wohnstum zum Stadion gemacht.
Im Eck stand dä Fernseh, schwarzrotgold väziert
dävo wor mei Sessel, genau so garniert
flankiert von Bierkästen und Kistn Zigarrn,
rechts saß der Opa mit dä Schnapsflasch im Arm
links hot sich die Oma in an Plüsch neigeräkelt
in weiser Voraussicht ihr Gebiß ausgehäkelt
auf ihrn Thron sitzt die Alt, schreit laufend ihrn Vers –
ihr verwahrlosten Banker, hockt euch auf eura Ärsch.
Die Sitz sind vätalt, die Tagesration,
die WM kann beginnen, mir freua uns schon
es is alles geregelt, bei uns gibt's ka Schlampern
inmitten der Stum steht der Gemeinschsaftspotschamper,
bevor's Spiel dann ogeht, steht der Massenchor stramm
dann geb ich as Zaang: Deutschland, Deutschland!

Dä öscht Gegner wor Chile, ein lässiger Fall
dä Paul hot dena Mockl gleich a Ding neigeknallt
dann kamen die Aussies vom fünften Erdteil
wor a nije aufregend, mir hom gor nije sehr gschreit
doch ans hot uns gstunkn, dia Hamburger Preußen
die senn doch ka Fans nije, des senn doch Oltreußen

die pfeifn den Franz aus, wolln an Müller raus hom
weil unnä Bayern so gut senn, des steckt na im Krong,
obä mir, schreit die Oma, mir senn Patrioten
etz wolln mäs na zeign, dena Vollidioten
auf'n Opa sein Glatzkuäpf trommelt sa dann
und mir stimma ein: Deutschland, Deutschland!

Dann kam's zu dem Treffen mit der DDR
do kriech ich a Gänshaut wenn ich den Noma scho höh
für mich wor des grausam, für mich Fan wor des schlimm
do hot's mich as öschtemol an Blutdruck naufkhiem,
wor des a Gestöpsel, könnst da fluch, könnst da grein
do kümmt a Sporwasser und häbt uns ans nei,
einsnull välorn, des däff's doch nije gem
vor Qualm und vor Träna, hom mir kaum uns mä gsehng.
Bloß unne grueßa Tochtä die hot aufgeblöckt
die hot sellä Bodä, die Meinhoff ogsteckt,
die Kanallie die rot, die wor hin und wor hei
ja des hätt ihr hörn solln, des sozialistische Gschrei,
Kapital, Imperialismus und lauter sua Gscheiß
ich schmeiß ihr vor Grimma an Schlagstock neis Kreuz
do legt die sich flach, die Alt, wos is etz mit ihr,
ach werf sa neis Bett, die is außern Turnier,
ich heul wie a Schloßhund, es is jo ka Schand
wenn die Welt nä an Riß gröcht: Deutschland, Deutschland!

Wos hot unnä Elf mit dem Nulleins bloß ogstellt
bis heut hob ich des keinen Menschen erzählt
wos hob ich gepredigt, ihr Kölbl, ihr Dumma,
mei Fra hot vor Grimma zeh Pfund ogenumma
die hot Gift gspeit und Gall wie ein Vulkan
wer der in die Näh kam, der war reif, der war dran,
dä Opa hot sich drei Toch im Schnaps fast ertränkt
und mußt im Konsum sei Rentn väpfänd.
Die Oma zünd a Kerzn o nebä ihrn Bett
und hot dann zän heiling Antonius gebätt,

gutä Antonä unterstütz mei Begier
und hilf, daß mir etz ka Spiel mehr verliern,
und ich schrieb den Herrn Schön nach Malente in's Haus,
die Nosn dei grueßa, ich raaf dä sa raus
wenn ihr jetzt nicht kämpft für's Vaterland
wo lem mä den Männä: Deutschland, Deutschland!

Und der Antonius hot gholfn, der Herr Schön hot mich ghört
denn gegä die Jugos ging wiedä alles wie gschmiert
dä Paul und dä Gerd hom zwa Dingä neigrotzt
die Fachleut die stauna, die Welt hat geglotzt.
A mir hom uns so langsam wiedä erholt
dä Tochtä ihr Backn is nuch aweng gschwolln
die will nix mä wiss, do würd's ra speiübel
die väziecht sich neis Eck, lest an Mao sei Bibel,
as Temparament vo dä Oma, wiedä a feurigä Funkn
statt nach Schnaps hot dä Opa nach Knoblich halt gstunkn
bis zän Spiel gegä Schweden, des kam ja dann fro
hot mei Alta ihr zeh Pfund Speck wiedä dro
sie war wieder in Topform als schreiender Schwan
und hot uns dann vorgschreit: Deutschland, Deutschland!

Wiedä Einsnull im Rückstand, des is doch saudumm
dann wurzeln sa auf obä, unnera Bumm
einseins und zweieins, doch die Schweden sind clever
bautsch hot der Maier wiedä an Treffer
is des heut so spannend, mant unnä Klana die Trini
des Spiel des läft wie vom Hitschkock a Krimi
mir fluchn, mir hoffn, mir schreia, mir zittern
dann tun unnra doch noch zwei Tore neischlittern.
Etz hommes mit vierzwei, des Brot is gebackn
etz könna sa kumm dia gessner Polacken
mir senn im Taumel, außer Rand, außer Band
vom Klensten bis zän Opa: Deutschland, Deutschland!

Die WM die hat uns in ihrem Bann
wos sunst auf dä Welt gschieht is unintressant
zwamol in dä Woch dieselbe Leier
öscht wädd gesiegt und nochher wädd gfeiert,
mei hom mir immä trümmä Bronester
zwa Toch lang lieng mir wie gfreckt in die Nestä
dä Abwasch bläbt lieng, ka Bett wädd gemacht
im Häusla siecht's aus wie noch aner Schlacht
doch wenn der nächste Kampftoch dann naht
is die ganz Sippschaft wiedä auf Draht,
und als wir die Polen einsnull bezwunga
is die Oma vor Freud auf'n Kronleuchtä gsprunga
dä Opa dä säuft nije, ja dä bäd sich im Schnaps
mei Alta die kriecht einen Kreislaufkollaps
sie läfft dauernd im Kraas rum wie a Zirkuselefant
wer ist im Endspiel: Deutschland, Deutschland!

Der Tag des Endspiels, das wurde ein Drama
unnä Stadion wor gschmückt mit Konterfeis und mit Fahna
dä Festschmaus wor hergricht, dä Potschamper entleert
die Bierkästen aufgfüllt, wie sich des so ghört.
As Deutschlandlied üb ich auf der Trompetn
am Fensterbrett stehna a Dutzend Raketn
die Oma tut fluchend ihr Maul ausprobier
meiner Fra muß ich des Herz nuch massier,
dä Opa seit früh, lallt bloß nuch und säuft
mir kenna an Müller, wer is dä drüm, dä Cruiff.
Dann dirigier ich den Schlachtruf, des liegt auf der Hand
wer wädd heut Weltmeister: Deutschland, Deutschland!

Der Anpfiff erfolgt, das Endspiel es rollt
die Spannung im Raum hot zehntausend Volt
noch ane Minutn reiß mä auf unnä Maul
do macht doch dä Höneß a ganz a klans Faul,
dä Schiri dä Gümpl, dä hot sich nije gschämt
und hot gegä uns an Elfmetä gebn
die Oma die bückt sich, des ging wie geölt
hot an Schiri ihrn nackerten Orsch hiegebölt,
dei grueß Loch, dei stinkerts, sog ich do verächtlich,
des kümmert den nije, der is unbestechlich.
Einsnull für Holland, der Elfer dä hockt
nur langsam erholn mir uns wiedä vom Schock.
Dann stürmt Deutschland am Flügel, a Holländer grätscht nei
wos bollert nein Strafraum, es wor dem Hölzen sein Bein.
Elfmetä, Elfmetä, du saudumma Sau,
und dä Taylor aus England, ja, der hört sa mei Frau
der deut auf des Pünktla und dä Breitner kümmt geloffn
und hot dann den Boll in's Tor neigetroffn
einseins der Ausgleich, des is ja bekannt
unnä Häusla des wackelt: Deutschland, Deutschland!

Als Fan blick ich durch, intellegent und gewitzt
Alta, laß Dampf raus, des Spiel is geritzt
kurz vor dä Halbzeit is es soweit
dä Müller, der Gerd, er häbt halt seins nei.
Zweieins, dä Jungblut im Tor kos nije fassen
dä Neeskens wädd weiß und dä Cruiff schnätt Grimassen.
Endlich is Pause, mir hom sa vädient
dä Opa schnappt Luft, mei Alta die stöhnt
die Kinne do frecksta, die zündn Raketn
beim Nachbän do gehna zwa Fensterscheim flötn.
Die Oma, die Schwattn, der alt liebestoll Schlittn
is mir dann noch auf'n Schoß rumgerittn
die hoppert auf mir, bringt mich um an Västand
laß dich küssen mein Schwieger: Deutschland, Deutschland!

A Glück, daß die zweit Hälfte beginnt
obä etz wädd es brenzlig, Holland es stürmt,
dä Franz der muß kämpfen, dä Sepp muß sich werfn
dä Berti dä grätscht, mein Gott, meina Nervn
ich zitter, ich bet, o Uhr laaf doch schnellä
dä Oma ihr Zäh die klappern im Tellä
dä Opa glotzt, statzt wie a Brunsküss
hot vor Aufregung nei dä Huesn gepisst
mei Fra steht vorm Herzschlog, ihra Busn sie wackeln
dä Potschamper, dä schwappelt, der is iemvoll gekachelt.
In dreißich Minutna is des Endspiel öscht aus
mir zäplatzt bal die Blosn, etz ko ich nije raus
doch irgendwo muß ich des Wasser ja lassn
do schnapp ich mir einfach die grueß Blumavasn.
Unnä Abwehr steht dicht, dä Bonhof, dä Bert,
dä Breitner, dä Maier, a manchmal dä Gerd
dä Franzl, dä Overrath und dann dä Katschä
und nei dä Vasn, do plätschert's und plätscherts,
noch drei, zwa Minuten, Männer halt stand
ja, mir senn Weltmastä: Deutschland, Deutschland!

Dann kam unnä Finale, das hatte a Eck
Sodom und Gomorrha wor dogegn a Dreck,
mir hom gsuffn, hom gschreit, mit klatschender Hand
hom gsunga und gschreit: Deutschland, Deutschland!
Dä Opa hot dä Oma as Klad rogeraaft
und hot sa vor Freud mit Schnaps vollgetaaft.
Mei Fra hot mich o ihr Fettherz gedrückt
und ich hob sie dann nach zehn Johrn geliebt
und als mir im siebenten Himmel bal sind
hot a Bankä die restling Raketn gezünd,
a Zischä, a Krachä, dann is es passiert
zä alläöscht is dä Fernseh explodiert
a Erschütterung folgt, a dumpfä Grollä
dann kümmt auf amol die Deck rogebollert.
Als der Staub sich gelegt hot, hob ich mich befühlt
und mich dann langsam aus die Trümmä gewühlt
des halb Häusla wor hie, mei Sippschaft war's nicht
die kumma wie Maulwürf wiedä an's Licht.
Und auferstanden aus Ruinen
laß ich dann mein Schlachtruf dröhnen
ich war und bin ein Weltmeisterschafts-Fan
drum stimmt mit mir ein: Deutschland, Deutschland!

Watt ne wenn dä Nikolaus künnt

Erinnerungen an die Kinderzeit

Als ich a Bu, sua klas Kerla wor
do wor ich halt wie die Meistn
unghöret, frech und ungezuäng
als Reudl ko me sichs nuch leistn.
Mir – hom nix getaacht auf sella Welt
Katzn gscheucht und Frösch geprellt
Keschn gstuähln und Zwetschge gstraacht
ab und zu nei die Husn gsaacht
mit Kieslstaala Fußboll gspielt
im größtn Dreeck uns wohlgefühlt
mit Zwistl gschoßn, Scheim neighiem
mit alta Leut bloß Jux getriem
wos hom mir gschlong, gebleut uns imme
ausgsäh wie die gschundna Männe
wor's schö, hot's gerengt, hot's gschneit, geleunt
mir worn imme fotta, hom bloß gstreunt,
senn mir noch'n Glöcklaläutn dann öscht haam
hot uns dä Votte herzhaft gsaamt
und die Mutte drohte ganz ergrimmt –
watt ne, watt ne Reudela bis dä Nikolaus künnt.

Mei Großmutte, säh sa nuch vo mir
schlohweisa Hoor und gramgebeucht
ja, des Lem wor frühe hart
volle Ploch und volle Sorch.
Als Kind lebt me a annera Welt
me möcht bloß des tun wos an gfellt
tut's Lem an Unannehmlichkeiten schickn
möcht me instinktiv sich drückn.
Wer is scho gern nei ane Schul?
An Lehre soll dä Teufl huel
des Lesn, Rechna und des Schreim
me konnt's nije glaam, als muß des sei?
Vo früh bis Mittoch, liebe Gott
sua halbe Toch wor imme fott
dann – nei die Kirng, alla Toch zu früh
die Großmutte fromm, die hot mich gführt
su wie an Hund o seine Leina
do half ka beeteln, half ka greina
und ihramol kriecht ich mein Grimma
watt ne, moring führst mich nümme.
Ich übelech, loß ich sa stolpe
odde sapp ich sa, wör a nije olbe
na – ich schmier mei Hend mit Wongschmier ei –
Kumm mei Bübla, es wädd Zeit …
Sie hot nije gschreit, nije gschimpft, sie flüstert nur:
Bist a übla Kreatur
und – nimmt mich trotzdem bei die Hend –
watt ne, watt ne Reudela bis dä Nikolaus künnt.

Mei Großvotte, dä Herrgott tröst na
ich höhsa nuch sei tiefa Stimm
ich säh na nuch mit'n blaua Schötze
im Maul a Päckla Stodthaus din.
Mei Herrla, a alte Veteran
kämpfte bei Bar le Duc und bei Sedan
Kriech – do wor er in sein Element
und wör des Häusla rogebrennt
er hött als erziählt wie's wor su schö
im siebziche Kriech als Schwallaschö,
etz wor er alt und ausgepicht
es zwickt as Zippela und die Gicht
sei bißla Lem wor nuch sei Schnepsla
do trinkte früh und zomd sei Glesla.
Wos für'n Großvotte gut, könnt dir a schmeck,
denk ich und huels aus dem Versteck
und hinten Haus do zerr ich o
ich waß nuch, kriech ka Luft mehr fro
dann wädd me schwindlich, ko des sei
mir hebt's an Mong, ich muß mich spei
und wie ich üben Miest gebeucht
kummt's Herrla um die Eck gekeucht –
Betracht den Banke, könnsta freck,
des hör ich nuch, dann wor ich weg
und dann nuch, eh mei Sinn entschwind –
watt ne, watt ne Reudela bis dä Nikolaus künnt.

Mei Schwestela, jünge als ich
des wor sua klane Wörche
ich hosa gän ghobt, meine Siel
ich mußt sa bloß ne ärche.
Jedn Toch hom mir uns gstrietn
ich hob Steffela nei ihra Zöpfla gschnietn
wor sa nije brov, wor sa nije nett
lag nochts a tueta Maus im Bett
mol lag a Muckn in de Suppn
dann hot as Aach gfehlt vo de Puppn
mit'n Steckela auf ihrn Hinten ghiem
halt bloß ne Lumperei getriem.
Mit an Wägela mußt ich sa kutschier
do hob ich amol an Pfief probiert
an Bergla no, göb ra ich an Schucke
die kerrt ne bloß, macht keinen Rucke
und's Wägela rollt, wenn's ich euch soch
imme schnelle, Richtung Boch
und – des hot me kumma gsähn –
bautsch wor sa im Boch geleng.
Dann hot sa gschreit, hot sa gegrinna
ich muß desauf, ich ko nije schwimma,
do kröcht ich schnella Baa vielleicht
doch es wor nije schlimm, dä Boch wor seicht
und wie ich sa am Ufe ho
do schaut sa vorwurfsvoll mich o
und schluchzt mit ihra Fistlstimm –
watt ne, watt ne Reudela bis dä Nikolaus künnt.

Unne Nochbera, die alt Jungfe Rettl
die konnt ich übehabt nije leid
bigottisch, boshaft, wortgewaltig
ich haßt sa bloß as Hexnweib.
Nochbera, dei böse Gunge,
                hot gesten in de Frühmess gschwätzt
Nochbera, dä usich Banke,
                hot heut ze früh mein Hund geträtzt
Nochbera – vo früh bis speet
hot die sich übe mich beschweet,
watt ne, denk ich Lause nur
dich kriech ich, elendicha Fichur.
Üben Miest, ihr Haus mit'n Herzla
do mußt sa alle Früh, des Besla
wos macht me nije alls um Gottes Willn
ich hob sa ogseecht halt, die Brilln
und früh beizeitn steh ich auf
säh zu wie's Schicksal nimmt sein Lauf.
Um sechsa – friedlich lätt's Gebet
as Rettela zen Häusla geht
im Nachthemm und mit'n Rosenkranz
su kümmt sa üben Huef getanzt
as Türla quietscht, ich höh's öschte Schießla
an Onfong vom Ave Maria
dann kam sua ganz klans Dunnewette
as Häusla kracht, es zwirbeln Brette,
als sich de öschte Staab gelecht
die Rettl aus die Trümme kriecht
des Gsecht, die Hend, a Miest, a Odl
durchs halba Dorf hot sa gejodlt
des wor selle gessn, ganz bestimmt –
watt ne, watt ne Reudela bis dä Nikolaus künnt.

Dünne wädde dä Kalenne
ich wä bräve alla Toch
dann wore do dä sechst' Dezembe.
Mei Schwestela lennt ihr Gedicht
dä Votte macht a grimmigs Gsicht
as Herrla kratzt sich ganz verleng
die Großmutte bitt um Gottes Seng
die Mutte schaut besorcht mich o
mir is ehrlich gor nije wohl.
Scheinheilig kummt nuch's alte Rettela
Grüß Gott, ich bring as Heinrichs-Blettla.
Triumphierend, lüsternd die alt Hex
ich könnt sa umbring, meine Sechs
die Füß, die Baa, die Knie senn waach
ich denk o alla meina Straach
ich waß alles nuch, hör nuch jeda Stimm –
watt ne, watt ne Reudela bis dä Nikolaus künnt.

Dann bumbet's daun, a Kettn rasslt
mich übekummt a eisiche Schock
ka Frechheit siecht me, klamm und ängstlich
heng ich mich on Muttes Rock.
Als dä Nikolaus in de Stum dann drinna
mei Schwestela hot Ruez gegrinna
secht schluchzend ihr Gedichtla auf
ich bet as Vate unse laut
säh den Bort, den Sock, den Steckn,
und vergib uns unsere Schuld – bleib steckn
dann schlägt er auf sein großes Buch
und liest, du warst ein böser Bub
hast dies getan und das verbrochn,
wör am liebstn unten Rock gekrochn
als er nuch gor sei Rutn schwingt
mei Mutte mit die Träna ringt
dä Votte – muß naus'n Stoll wos soll's
an Herrla wörcht a Kloß im Hols
die Großmutte aus ihrn Sessl kummt
verschont na nuchamol den Bum,
a Wunde nuch, die alte Rettl
steckt wiede ei ihrn Sündnzettl
dä Nikolaus brummt nuch nei sein Bort
besser dich Reudl, mach a Ort.
Er stülpt sein Sock und leert na aus
Vergelt's Gott, heiliche Nikolaus
und dann rolln uns vor die Füß
sechs Öpfl und zea welscha Nüß.
Seid mir ja brav, daß das Christkind kommt
und geht dann polternd aus die Stum,
sei Triet wor nuni ganz verhallt
do wor ich wiede ganz dä Alt:
unghöret, vorlaut, wie halt imme
die Mutte hebt an Zeichefinge
und alla homsa gleich eigstimmt –
watt ne, watt ne Reudela bis dä Nikolaus künnt.

Der Lenz wird bekehrt

Eine Nikolausgeschichte aus dem Frankenwald

In aner Zeit, wu's wirklich nuch arma Leut bei uns im Franknwold gejm hot, is die Gschicht dou passiert. Dä Schneiders Lenz hot in Oberbuchberg duem su a klans Bauernsächla ghobt. Die poor Äckäla und des Wiesngründla hom die zwu Kühschwenz, die Gaaß mitsamt'n Lenz su recht und schlecht denäht. Sei Fra, die Frenz, mußt dou scho nuch tüchtig mit zupack und des Zeuch zammahalt, wenn sa sich und ihra ocht Kinne a mit durchschloung wollt. Dä Lenz hot zwor nejmbei als Flickschneide geärbet, obbe wie's halte su wor in selle Zeit, dia Weibä hom ihra Altn ihra Huesn meist selbe gflickt, und außedem wor dä Lenz die meiste Zeit suwiesu nije hamma, weil's im Wettshaus für ihn einfoch schönne wor. Ka Wunne, daß des Geld im Haushalt hint a vorn nije gelangt hot und so mußt mä des anzich Säula, des mä im Johr aufgezeung hot öft a nuch vekaaf, denn auf de Klitschn wor nuch a Hypothek ouzezouhln, dou und dotta hot amol wos gfehlt und dia ocht Packl mußtn ja a ogezeung wän. Su wor's a in selln Johr.

„Obbe desmol wädd auf Uestern a Sau gschlocht", hot sich die Frenz gsocht und hot ihrn Lenz nach dem Verkauf der letzten gleich auf Kronich auf'n Säumarkt gschickt, dämit der sua klans Suckela huelt. Der Schneiders Lenz, des muß nuch erwähnt wä, wor a ganz rüftigä, unbelehrbarer, alleswissender, rechthaberischer Neugscheiter, debei ihramol su dumm, dassä kann Aame Wasse umschütt konnt.

Also is ä, es Säula hueln, auf Kronich marschiert, es wor just am Nikolaustag. Auf'n Markt hotte sich öscht amol bedächtig umgeguckt, sich a Brisn Schnupftabak nouch de annern einverleibt. Endlich is ä mit de Säulenkera anich worn. Füe ochtzah Mark hot er es Suckela eigschloung. Zwa Mark hotte nouch langa Feilschn runtä ghandelt, zefriedn des Tierla nei sein mitgebrochtn Ärpflsouck gsteckt und schnurstracks neis nächstbeste Wettshaus. Denn dou wor dä Lenz eigen, die zwa Mark runterghandelts Geld hot er gleich in Kronich sitzn geloun! Mit dena ocht Seidla ungefähr, die wu's in selle Zeit defür gejm hot, wor dä öschte

Duescht gelöscht. Es Säula auf'n Buckl und dann haamwätts zugsteuert. In Zeyern hot er nei die Taschn gelangt, meine Siel, dou worn nuch die ochtzich Pfenning Fohgeld für'n Zug aufgsport. Nix wie nei ane Wettschaft, denn des Geld ghöht unte die Leut. Nachdem die letztn poor Krötn vesuffn worn, hotte widde sein Souck gschnappt, dä Haamet zu. Des bißela Schnia hot na gornix ausgemacht, die hereinbrechende Dunkelheit a nije, sei Instinkt hot na scho allewall mit nuch größera Bronestä haamgführt.

In Unterbuchberg beim Wetts-Andres is er allmaletta nuch nie vobeikumma. Im Hausplatz hotte sein Souck widde amol ougstellt, sich gewissenhaft überzeugt, daß sei schwarz-weiß Säula nuch existiert hot, und dann nei in die gut Stum. „Kumm a groud ven Säumarkt, Andres, es is heut alles füen Säula draufganga, khi, gib mich nuch a Seidla, mußt halte aufschreib." Die Litanei wor dä Andres ja scho von ihm gewöhnt. Wos wollt ä mach, gezouhlt hot dä Lenz ja scho imme, wenn's ihramol a lang gedauert hot. Daß er a ganz allaas in de Wettschaft ghöckt wor, des hot en Lenz wenig ausgemacht, a bißla simäliert, a weng vor sich hergebrummt, a zweits Seidla, a dritts, er wor mit sich und der Welt zefriedn.

Auf amol hot's o de Tüe gscheppert, a Kiettn hot gerasselt, a poor schwera Stampfe worn daun Hausplatz ze höhn. „Wä kümmt denn dou nuch, Andres?", frejcht dä Lenz. „No heilicha Weltzeitn, dä Nikolaus wädds sei, heut is doch Nikolaustouch, dou kümmt dä ze meina Kinne." Und scho höht me daun Kabinettla es Bejtn ve die Kinnela, den Nikolaus sei gutmütiges Poltern, Ermahnungen, Belehrungen, dann des Austeilen ve all die gutn Sachn, die er mitgebracht hat, wies halt überall su is wo dä Nikolaus kümmt. Der neugscheit Lenz drin in de Stum räsoniert scho, „sua Schwindl, sua Krampf, hähä, Nikolaus, wenn ich des scho höh, eiwig und drei Touch hou ich des nije ghobt, meina Reutl hom na a nuch nije gebraucht, sua Larifari, blues ne Leut veolben", in dieser Tour is su zuganga beim Lenz.

Dä Nikolaus, der in Wirklichkeit der Hansgörch, a ganz wievä Bursch aus'n Dorf wor, hot des Brumma in de Stum ghöht, is pfeilgrad neiganga und hat gepoltert: „Sieh da, der Schneiders-Lenz! Auch noch unterwegs am heiligen Nikolaustag?" – „Wos dägeng, Alte? Denkst vielleicht, ich glaab dei Gewaaf? Du koost annera fen Narrn halt, dä Lenz glabt gornix, du mußt öscht amol beweis, daß da dä heiliche Nikolaus bist, hähä, säh muß ich deine Tatn, dä Lenz is ka Blöjde nije!" „Auch du wirst dich noch einmal bekehren, vielleicht heute noch!" – „Noja, probier's halte, wäsda obbe ka Glück hom, beim Lenz!" Aber der Hansgörch-Nikolaus hatte sich schnell wos ausgedacht. Mit'n Andres und seine Fra hotte a weng in de Küchn dischkeriert, derweil dä siemgscheit Lenz in de Stum imme nuch hämisch vor sich hiegelacht hot. En Andres sei schwarz-weißer Katznhahner, a Griff, dä Hansgörch hot na sich gschnappt. Derweil dä Andres en Lenz nuch a weng untehaltn hot, is des Säula aus'n Souck raus und dä Hahner neikumma. Dann hot dä Nikolaus nuch a weng wos zamma gepackt und is seines Weges widde ganga. „Lenz, ich glaab mir müssn haamgije, die Leut wölln neis Bett." Mit dieser unmißverständlichen Aufforderung hot dä Andres sein Gast su langsam nauskomplimentiert. „Wennst da denkst Andres, pack mäs gor." Etwas übermüdet, obbe nuch einigermaßen gut beisamm, nimmte sein Souck und mit „Gut Nocht, allerseits", geht er's an, auf Oberbuchberg zuzeschiem. Bis dotta hie wor's nuch a guta Viertlstund durch's Huelz ze laafn, und den Katznhahner im Souck wor's gor nije ze wohl. Öscht hotte a wengla rumort, dann hotte a poor Ausreißversuche untenumma, su daß es en Lenz a bißla hie und hä gschukelt hot. „Säufrecke, mäusöhrige, an ganzn Touch hosta Ruh gejm, wos is denn lues?" Alles Gebrumm hot kann Wert ghobt, dä Hahner im Souck is imme däbä worn. „Fixndunnekeil!" Mit zwa Händ mußt er scho des Ding halt, däbei nuch auf'n Weg aufpass. „Watt amol, dich gib ich!" Abgsetzt, aufgemacht den Souck, wor ans. Dann hätt na bal dä Schlog getroffn. Wie dä Blitz is die Katz rausgschossn, hot en Lenz sein Hut runtegeraaft und, schwuppdiwupp, en nächstn Baam nauf. Hot dou dä Lenz gegglotzt, sei Maul wor an Mejte offn, dann hot ä's gleich kapiert: es Suckela is ausgerissn. Mit'n offna Souck isse unten Baam nunte und hot gelockt: „Suckela, Suckela, kumm, mei Suckela, wäsd me doch des nije ohtun! Fif, fif", hotte gepfiffn, „schös Suckela kumm widde hä, kumm widde rei, mei Suckela." Dä Hahner hot sich nije beeinfluss lossn, a Sprung auf'n nächstn Baam, dä Lenz hinnedrei mit'n offna Souck, und als gelockt und gezetert: „Suckela, Suckela, …" Nuch lang hot dä Lenz im Wold gsucht und rümgschreit, derweil wor dä Katznhahner scho längst widde hamma hinten Ofn ghockt. Endlich hot's dä Lenz aufgejm und

117

mit an „Leck mich om Orsch" isse gor haamgewalzt. Daß es Säula nimme dou wor, hot na scho gewurmt, doch letzten Endes hotte sich weite ka Gewissnsbiß gemacht, des wor ja nije des Öschte, wu er vesuffn hot.

Mitsamt dena Gedankn wor er vue sein Haus gstandn und mußt stutz. Die Stum wor hell erleucht, seina Kinne hom, wos für ihn ungewohnt wor, nuch sua Lem ghobt, su dassä gebrummelt hot „Diea Säubanke, worum senn die nuch nije in de Falln?" Und wie er die Tür aufmacht, bot sich ihm a Bild des wu na bisher fremd wor. Die Kinne, quietschvegnücht hom Äpfl gekäut, Nüss gessn, a jejds a Trum Zwieblkung in de Hend, gedörrta Zwetschge senn in de Stum rumgebollät und sei Frenz lächelnd im Lehnstuhl hockend. „Tata, Tata!" hom die Kinne gschreit, wie se na gsähng hom, „Tata, dä Nikolaus wor dou und hot alles mietgebrocht. An grueßn Steckn hotte ghobt!" schrie a Klans, „an ruetn Mantl und an langa weißn Bood und Öpfl und welscha Nüss und Plätzla und Zwetschge!" Ihra Göschla senn mit'n Plauden gor nimme fäddich worn. Die Klenste hot scheinbar a Rippn Blockschokolad ewischt, demit hot sa sich es ganze Gsicht vuelgschmiert und mit ihrn Gepappl: „Laus doa, Laus doa!" issa gor nimme fäddich worn. Im hinten Eck worn nuch a poor auf an Trempela und wie dä Lenz näher hieguckt, dou mußte öscht amol sich die Aang auswisch. Mittndrin den Häufela Kinne höckt a Säula, a Scholln Gaaßmilch vor sich und als schmatzend. Und alla schreia durchananne: „Dä Nikolaus hot's gebrocht, Laus bocht, Tata, des is fei von Nikolaus!" – „Ja, wie gibt's denn des, hä?" froucht sich dä Lenz. Sei grueßa Tochte, es Kunila, hot na dann aufgeklärt: „Dä heilich Nikolaus is heue amol zu uns vom Himmel runtegschickt worn und untewegs sitzt des Säula, halb vehunget und zammagfrorn am Weg, waß nimme ei noch aus. Dou hot sich dä heilich Nikolaus gedocht, dä Schneiders Lenz könnt's gebrauch, asua hot er's mitgenumma und uns hergebrocht." Die Frenz im Lehnstuhl nickt und lächelt. Dä Lenz nimmt schnell a Bris, denn er spüet, es wädd na feucht in die Aang. Su musse a nuch es Taschentuch nehm. Sei Frenz mant: „Is wos, Alte?" – „Naa, naa, die Bris wor a wengla ze stork."

Imme nüchtene und imme ernste wädd dä Lenz. Dann is ihm aufgfalln, daß er seina Kinne nuch nie su gsähng hot. So fröhlich wie die Backn geglüht hom vor Freud, dann des Leuchtn in die Aang und allfott des Kinnelachn, so herzhaft, so rein und unschuldig, als wie's Engela nur sei könnetn. Dä Lenz hot sei Taschentuch nuch sehr, sehr oft gebraucht. Wie die Kinne dann alla endlich im Bett worn, es Säula gut vesorcht, hot er sei Frenz noch langer, langer Zeit bei die Hend genumma. „Alta, gell Alta, schö wor's, daß dä Nikolaus heut bei uns reigschaut hot und ab jetzt soll's alla Johr su wä!" Etzt hot sugor die Frenz ihra Schürzn zän Aang auswischn gebraucht: „Ja, Alte, woll mä's in Gotts Noma hoff!"

Wie dä Lenz dann in sein Bett geleng wor, hotte nuch lang nouchgegrübelt: „Möcht blues ne wiss, wie dä Dunnekeilssakramentä ve an Nikolaus des Suckela ven Baam runteghuelt hot!" Der Hansgörch-Nikolaus und dä Wetts-Andres, die alles beobachtet hom, die hättn's na soung könna, doch die hom liebe es Maul ghaltn. A Gewißheit hom sie bestätigt erhalten: Dä Lenz is amol bekehrt worn und in Zukunft glabt er wenigstens a bißela an die gute und schöne Mission des heiligen Nikolaus!

Dä Niklaus künnt

Die Jahresmonde gehn ihrn Laaf
wie scho vo Alters häh
und jede Mensch o sotta Toch
sein Lemslaaf ko säh.
Zwor hot a jedes Fest sein Staat
und seina heiling Gründ
doch man ich, daß die Weihnachtszeit
a jeds am schönsten find.

Besonders weil dä Niklaus künnt
zeöscht als heilichä Mo
do freut sich drauf scho grueß und klaa
viel Wochn lang zävo.
Für Alta is der Nikolaus
ja bloß nä nuch a Spaß
zä zittern und zä betn hot
ja bloß die ganz klaa Rass.

Do künnt er her mit goldna Schuh
und mit an weißn Bort
mit Mitrahut und Sündenbuch
und krumma Bischofsstob.
A Brilln vädeckt na seina Aang
die Stimm wädd nuch västellt
zäletzt glaam meistens alla Klann
er künnt aus ane annen Welt.

Bloß wenn sa aweng größä wän
und kritisch nuch däzu
dann läßtena die Neugier und
ihr Alter doch ka Ruh.
Su wor's amol beim Gogelsseppe
ihr kennt na ja ganz gut
der dann grod in dieser Zeit
sein Niklausdienst halt tut.

121

Bis zen heutigen Toch do is er ja
als Niklaus gut bekannt
und hot die Kinne Freud gemacht
als Freund im Märchenland.
Amol, do wor er unterwegs
in unserm klana Ort
und jeds hätt halt an Seppe gern
für seina Kinne ghobt.

Meist wor er ja fest hiebestellt
zen Toch und festen Stund
weil's obbe jeds Johr mehra wän
geht's manchmal kunterbunt.
Su schreit amol a arma Fra –
zu Seppe, gijeh halt rei
mei Rass will a an Niklaus säh
sunst müssn sa widde grei'.

Dä Seppe is a gute Mo
und geht halt nei die Stum
do höckn gspannt und schüchtern a
sechs klana Kinne rum.
Sie song ihr Sprüchla, ihr Gebet
die Murrä hilft halt noch
dä Niklaus mant, so, ihr word brov
etz däfft dä mich wos froch.

Er hot gedocht, die Reutl do
wärn wos vom Christkind wölln
drum tut er sich ganz unscheniert
nei ihra Mittn stelln.
Do tanzt dä Grueß, as Heinela
a poormol um na rüm
guckt nauf a runtä und neis Gsicht
ä muß sich öscht besinn.

Dann socht dä Grueß, as Heinela
und grinst mit seina Schleppn
gell, du bist ka Nikolaus
du bist dä Gogelsseppe.
Do hot's na glatt die Sprach väschlong
und er mußt a weng lach
mä ko halt doch bei grueßa Bum
an Niklaus nimmä mach.

Dä Vesähgang

Duem die Höh, auf ane Anzeln
lem – wie bei uns die Leut su song
die Bauengöring, su dä Hausnoma
halt ewig schonte und drei Toch.

Dä alt Bauengörich, sei Fra die Lina
hom sich im Lem nije viel gegönnt
ärben, as Onwesn zammahaltn
daß ans vo die Gunga übenimmt.

Und dä alt Görich, scho übe ochtzich
dä hot ka Ruh nije, quärklt rum
wie sellamol im tiefstn Winte
hackte Huelz, trechts nei die Stum.

Leßt's Kälbla sauf, flickt Ärpflskrätzn
er kromet halt vo früh bis spet
und sellamol im tiefstn Winte
do schorte, grebt und schaufelt Schnee.

Dann sitzte widde in de Küchn
hot Feden gschlissn, Pflöckla gschnitzt.
Des nei und rausgenn wor nix rechts
daun hot's na gfrorn, drin hotte gschwitzt.

Zeöscht worn's blues ne a poor Huste
dann spürte, daß na damisch wädd
dann bibbet's na sugor om Uefn
dann mant sei Lina, marsch neis Bett.

Su hotte sich gelecht dä Görch
sei Lina packt na nei zwa Pfüll
an haaßn Backstaa unten Hinten
er will wos soch – halt's Maul, sei still.

Dann kocht se na aus Gomella
an Tee und tut fest Honig nei
den spotzte aus und krächzt ganz haaßlich
an Kornschnaps Alta, höit me a fei.

An Dreeck, sperr nuchamol auf es Maul
dann langt sa hinterücks nein Schötze
und huelt es Fiebethermomete raus
do, beiß zu und behalt des etze.

Dä Görich presst seina Lippn zamm
er hot ja blues ne nuch drei Zäh.
Die Lina macht an kaltn Wickl,
sich o ne, wie des Dingets glüht.

Dann liest sa o des Thermomete
liest nuch amol und putzt die Brilln,
anavetzich, Murre Anna
mei Görich muß sterm, um Gottes Willn.

Dann schreit sa, Gorch, Marie, Kinne
gett rei, ich glaab mei Görich macht aus
as ganza Haus is wie aufgschreckt
aus alla Eckn kummas raus.

An Bode hueln, socht dä Gorch dä Gung
des hot kann Wäät me, mant sei Fra
dä schröpft na und kriecht fünf Mark mindest
und ohna Bode stirbt me a.

An Bode hueln, denkt nuch dä Görich
und vesinkt in leichtn Schlof,
hom die denn weite kanna Sorng
iss die Schwieche a dumms Schof.

Seina Schnarche die wän läute
wenn er die Luft eizicht
die Lina greint, des Dilerium
des senn die letztn Züch.

Och Gottela huelt an Herrn Pfarra
khi, Görchla, khi, spring nunten Dorf,
dä Herr Pfarra söll sich halte schick
khi mei Bu, sei brov.

Dann ein Hantiern, ein Kommandiern
rebellisch wädd as Haus
wu senn Kerzn, wu's Weihwasse
die Bibl nuch – mei Bübla saus!

Des Bauengörings jüngste Sproß
dä Bu is dreizeh Johr
hält seina Träna tapfe zerück
schlupft nei die Wintewor.

Dä Vorre bringt die Sturmlatern
und hot sa ogezünd
und alla dann – in Gottes Noma
säh zu, daß dä Herr Pfarra kümmt.

Glöcklahell die Nocht, obbe eisich kolt
nunten Dorf a knappa Stund
Schniawächtn rechts a links
su huech bal wie Stum.

Und's Görchla läfft und springt und denkt:
mei Herrla dä muß sterm.
Die Träne rolln übe die ruetn Backn
und ich hob na doch su gern.

O liebe Gott, hilf daß ich's schaff,
daß ich den Herrn Pfarra bring und find,
daß mei Herrla a nein Himml kümmt
mit Gloria – ohna Sünd.

Endlich wor er drunt im Dorf
die Pfarrhausglockn, die schellt Sturm
es rührt sich nix, drückt weite drauf
elfa schlägt's vom Turm.

Die Tür geht auf, die Pfarresköcha
um die Zeit nije grad entzückt
steht im Nochthemm und mit'n Gollicht vo na
und schreit – bist du verückt?

As Görchla heult, entschuldings sa
obbe, mei Großvorre muß sterm!
Wos? – Auf eura Anzeln, in de Nocht?
Des hot dä Herr Pfarra gern.

Hochwürden, wohl auch aufgeschreckt
schaut vo de Treppn no.
Was ist los, Fräun Ernestin
warum schreien sie denn so?

Entschuldings sa, drückt's Görchla rüm
ich waß, des is nije schö
obbe mei Herrla, och, dä söll heut sterm
und Sie söllet na nuch vesäh.

Gottes Wege sind unerforschlich,
warte auf mich, mein Sohn.
Fräun Ernestin, Stola und Alpe
die Hostie, nun, sie wissen schon.

Fräun Ernestin verschwind mit Grimmen
und's Görchla denkt, wenn me bedenkt
wädd su an Pfarra heut, mitsamt de Köcha
fei a nije imme alles gschenkt.

Dann wädde langsam ungeduldich,
Jösesla, braung die zwa lang
er stampft vo an Baa auf'n Annen
ob denn die Zeit nuch langt?

Endlich kummt er ro die Stieng
die Köcha hintedrei.
Senn sa a warm ogezung?
Do, den Hut wenn's schneit.

A Hostie tut dä Herr neis Schächtla
as Görchla kniet, macht's Kreuz.
Bist halt doch a liebe Bu,
hot die Ernestin sich gschneuzt.

Dä Bu kriecht nuch des klana Glöckla
des ghört dezu, is Tradition
dann gehen sa ob, mit kling, kling, kling
als Mini-Prozession.

As Görchla voraus, springt wie a Wiesel
er hot's eilich und er treibt
und hintedrei dä Pfarra schnaust
mit kurza Baa und wohlbeleibt.

Die gutn Bißla vo die Bauen
die trümme Zigarrn, denkt dä Bu
und ka richticha, harta Ärbet,
des setzt den Pfarra zu.

Dann denkt er widde o sein Herrla
und dä Pfarra su langsom gett.
Herrschaftszeitn mach halt schnelle
mir kumma doch ze spet.

Wos waß as Görchla vo an Asthma
wos waß dä Bu vo ane Gicht
er könnet spring als wie a Hos
und dä Herr Pfarra kriecht.

Er ko doch nije soch, mach halt schnelle
des ghört sich und des macht me nije
je länge sich dä Wech hieziecht
desto öfte bleibt dä Pfarra stijeh.

Und widde rolln die Kinneträna
üben Backn, nei sein Krong
und dann kriechte einen Grimma
und däff den Fluch nije song.

Und wie dä Pfarra widde steht
do platzte raus im Zorn:
Lachn töt ich, lachn töt ich
as Herrla wö scho gstorm.

Ein Morgen

(1986)

Imme moring beginnt a Touch
imme moring a neua Plouch
für Ann gibt's Leid, für'n Annen Freud
doch Kanne waß, wie wädds denn heut.

Lausch me amol um sechsa früh
mol dou im Dorf, mol dotta hie.
Wenn um die Zeit as Glöckla bimmelt
knötscht dä Bäcke Paul scho lang die Semmeln
schießt seina Bruedlaab raus und nei
um siema wille fäddich sei.

Beim Metzge Götz senn dou ze Nuet
scho zwanzich, dreißich Säula tuet,
die Metzge schwitzn odde stiern –
je nach Anzahl Fläschla Bier.

Durchs ganza Dorf hallt's tapp, tapp, tapp
die Zeitungs-Betty is auf Trab
ob's rengt, ob's schneit, ob's stürmt, ob's braust
sie trecht fleißich ihr Keesblettla aus.

Auf an Hochsitz daun im grüna Rueck
wart Jäge Richard auf den Bueck
zen neuntn odde zehntn Mol
doch dä Bueck is schlaue – ihramol.

Dä Gorche zerrt sei Wechela Gros
scho haamwätts, dou lätt's Glöckla los
reißt ro sein Hut, beim öschtn Bimmel
und schickt sei Ave nauf'n Himmel.

In mancha Häuse wädd me munte,
dou geht's mol drübe, geht's mol drunte.
Des Weckeklingeln ghört vebuetn,
schreit a Vorre und häbt drauf die Pfuetn.

Seine Altn nejmdro stört's Gebrumm,
säh, daß da aufstehst, faule Hund.
Dä Gung liecht a nuch in sein Nejst
grad wie dä Alt, sie weite blejst.

Ze nocht nije nei, zu früh nije raus,
su werkelt sa schimpfend durch das Haus.
Dä Radio kärrt aus de Gunga ihrn Zimme
I love you, I love you und laute geht's nimme,
Ich hab nuch des Ding zamm, dou wädd me ja blöd
su a Nejchemusik und des in alle Herrgottsfrüh.

Selle Hann im Stoll straat seina Küh
raunzt in an fott, hü Alta, hü,
die Säu, die grunzn, glotzn na oo
chchchch, sechsa is, wu bläbt dä Fraß.

Dä Heine auf die Ärbet geht
leck mich am Orsch, widde ze spet
ohna Frühstück raste fott
ohna Fra, hintn und vonn ka Ort.

Die Stempler, Rentner, Feriengäst
stört sechsa nije, die schloufn fest
um ochta, neuna, vielleicht a spejte
erwacht der Gast, gleich, wie wird's Wetter?
Wat jibt's zum Frühstück, wat zu Mittach,
wat jibt's zum Ammd, sich ständig fragt.

Dann su a Stempler, schon fast von Beruf,
a Stinke wie der Herr ihn schuf
dä kümmt um elfa endlich huech
sei größta Sorch, steht's Wettshaus nuch.

Auch Rentner Konrad, a um die Zeit
sich nuch die ganz klan Äuchela reibt
streicht sich die Glatz, betast sich still
zwei Bremser gestern warn zuviel.

Widde zerück auf sechsa früh
am Pfarrhaus leis die Tür sich schließt
mit Stiefel, Kescher, Angelrutn
sieht me an Petri-Jünger sputn.

Der Zeyernbouch, heut ziemlich seicht
deshalb der Petri-Jünger schleicht,
wöfft dou amol nei, lejcht dott amol aus
es beißt ka Fisch, ka Frosch, ka Laus
und, wie's su geht, als es Glöckla bimmelt
kam die Erleuchtung ro vom Himmel.

– Meine lieben Schwestern und Brüder im Herrn –
nicht nur der Christ, a die Fisch hörn's gern,
sie kamen an in Schar und Scharen
sulang halt bissa alle waren.
Und die Moral von der Geschicht
wu nix mehr is, hilft a as betn nicht.

Ja, nicht jede Morgenstund
hat, wie me su schö socht „Gold im Mund"
bei manchen is sie silbern bloß
bei manchen kupfern odde bronz.

Doch jeder Tag geht auf die Reise
ob goldig, silbern oder sch… schlecht.
Nun, ade ihr Leut, wie spejt is hie?
Ja, a moring wädds widde sechsa früh!